메리메
단편선

마테오 팔코네

메리메
단편선

마테오 팔코네

프로스페르 메리메 지음
정장진 옮김
최수연 그림

두레

차례

일러두기

1. 이 책에 실린 세 작품의 원본으로는 가장 권위 있는 판본인 라플레이드
   판 전집 Mérimée, *Théâtre de Clara Gazul, Roman et Nouvelles,* Edition
   établie, présentée et annotée par Jean Mallion et Pierre Salomon, La
   Pléiade, Paris, Gallimard, 1978을 사용했다.
2. 작가의 주(註)는 별표(*)로 표시한 뒤 각주로, 옮긴이의 주는 번호(1, 2,
   3, …)를 붙인 뒤 후주로 처리했다.

Mateo Falcone

마테오 팔코네

덴마크

북해

영국

독일

폴란드

체코

•낭트   •파리

스트라스부르•

오스트리아

프랑스

스위스

•보르도

리옹•

밀라노•

포루투갈

모나코

이탈리아

아드리아 해

스페인

•로마

리구리아 해

사르데냐

바스티아•

지중해

•칼비

시칠리아

코르트
•

티라니아 해

아작시오
•

포르토-베키오
•

지중해

코르시카 섬

포르토-베키오 항을 떠나 섬 안쪽을 향해 북서쪽으로 들어가면 우뚝 솟아 있는 경사가 가파른 지대를 만나게 된다. 그곳에서부터 군데군데 바위산들로 막혀 있기도 하고 깊은 계곡으로 끊어지기도 하는 구불구불한 길을 따라 세 시간 정도 걸어가면 코르시카 사람들이 흔히 '마키'라고 부르는, 드넓게 펼쳐져 있는 숲을 만나게 된다. 마키는 섬의 목동들에게는 물론 경찰과 문제가 있는 사람들에게도 고향 같은 곳이다. 코르시카 섬의 농민들은 밭을 일구고 두엄을 주는 등의 수고를 아끼기 위해 숲에 불을 놓아 땅을 얻곤 한다. 자칫 불똥이 튀어 필요 이상으로 넓은 숲이 타는 일도 있었지만 먹고살기 위해서는 어쩔 수 없었다. 타고 난 나무의 재들로 비옥해진 밭에 씨를 뿌리면 그해 농사는 의심할 여지 없이 좋은 수확을 가져다주었다. 수확기가 되면 농부들은 이삭같이 생긴 열매들만 따내고 줄기는 그대로 놔둔다. 땅에 묻혀 있는 뿌리는 땅속에서 썩어 없어지는 대신 이듬해 봄이 되면 다시 새싹을 내고, 이 싹들은 몇 년 지나지 않아 2미터 50센티미터가 넘는 키가 큰 잡목들로 무성하게 자라게 된다. 이렇게 해서 생긴 빽빽한 잡목림을 마키라고 부르는 것이다. 마키에는 다양한 종류의 나무들과 키가 작은 관목들이 아무런 질서 없어 뒤죽박죽으로 우거져 있다. 그래서 손도끼의 도움이 없이는 누구도 이 숲을 지나갈 수 없고, 나무와 풀들이 너무나 빽빽하게 우거진 탓에 심지어 산양들마저도 마키를 뚫고 나가지 못할 정도다.

누군가가 사람을 죽였을 경우 만일 그 사람이 좋은 총 한 자루와 약간의 화약, 그리고 총알만 갖고 이 마키에 들어와 산다면 그는 정말 안전하게 지낼 수 있다. 잊지 말아야 할 것이 한 가지 더 있다면 잠을 잘 때 매트리스 역할을 해 줄 수 있는 모자 달린 고동색 망토이다. 우유와 치즈와 밤 등은 목동들이 줄 것이고, 필요한 물건을 구하러 시내에 내려가는 경우를 제외하곤 경찰이나 죽은 자의 친척들을 아예 신경을 쓸 필요가 없다.

1800년,[1] 내가 코르시카 섬에 잠시 들렀을 때 마테오 팔코네는 이 마키에서 약 2킬로미터쯤 떨어진 곳에 살고 있었다. 그 지방에서는 꽤 부유한 사람이었다. 떠돌이 목동들이 그의 가축을 산 속으로 이리저리 몰고 다니며 돌보았고, 그는 이 가축에서 나오는 수입으로 고상한 생활을 하고 있었다. 코르시카에서 고상한 생활을 한다는 것은 아무 일도 하지 않고 산다는 것을 뜻했다.

이제부터 내가 들려줄 사건이 벌어진 지 약 2년쯤 지나 그를 다시 만났을 때 그는 나이가 많아야 쉰 살 정도 되어 보였다. 키는 작지만 힘은 장사였고, 머리는 흑옥처럼 검고 숱이 많은 곱슬머리였다. 또 코는 매부리코였고, 두 입술은 얇고 선명했으며, 윤기 없는 황색 얼굴과는 달리 큰 두 눈에서는 날카로운 빛이 흘러나왔다. 특히 그의 사격 솜씨는 명사수가 많은 이 고장에서도 기가 막힌 것으로 소문이 나 있었다. 예를 든다면 산양을 사냥할 때에도 그는 노루 사냥에 쓰이는 큰 납탄을 쓰지 않고서 20보나 떨어진 먼 곳에서 어깨와 머리 어디든 맞히고 싶은 곳을 골라서 맞히는 사람이었다. 또 마테오 팔코네는 밤에도 낮과 똑같은 실력을 발휘했다. 코르시카에 직접 와 보지 않은 사람들에게는 도저히 믿을 수 없는 이야기겠지만 나는 그의 이 놀라운 총 솜씨 이야기를 이곳에 사는 사람들에게서 한두 번 전해 들은 것이 아니다. 칠흑같이 어두운 밤, 약 80보 정도 떨어진 곳에 접시만 한 종이를 걸어 놓고 그 뒤에 촛불을 켰다. 마테오 팔코네는 뺨에 총을 갖다 댔고 누군가가 촛불을 껐다. 1분 정도 조준을 한 그는 방아쇠를 당겼고, 그가 쏜 네 발 가운데 세 발이 그 어두운 밤에도 정확하게 멀리 떨어진 종이를 관통했다고 한다.

타의 추종을 불허하는 이 사격 솜씨 때문에 마테오 팔코네는 대단한 명성을 누리고 있었다. 사람들에게 그는 위험한 인물이었지만 동시에 의리 있는 사나이였다. 다시 말해 그는 사람들에게 자신이 가진 것을 베풀 줄 알았고 포르토-베키오에 사는 누구와도 친하게 지냈지만, 사랑에서나 전투에서나 빼어난 실력을 갖고 있었던 경쟁자를 물리치고 코르트에서 지금의 아내를 얻어 올 때는 정말 대단했었다고 한다. 작은 거울을 걸어 놓고 창가에서 면도를 하고 있던 이 강력한 경쟁자가 쓰러진 것을 어쨌든 사람들은 마테오 팔코네의 솜씨로 돌리고 있었다. 사건이 잠잠해지자 그는 결혼을 했다. 부인 주제파는 우선 딸 셋을 낳았고(마테오 팔코네는 이 때문에 불같이 화를 냈었다), 네 번째 만에 마침내 아들을 하나 얻었다. 아들에게 그는 포르투나토라는 이름을 지어 주었다. 아들은 그의 가정의 희망이었고, 대를 이어갈 유일한 상속자였다. 딸들은 모두 시집을 잘 가서 마테오 팔코네가 필요할 경우에는 사위들의 덕을 보기도 했는데, 그들은 단검을 다룰 줄 알았고 또 총 솜씨도 뛰어났다. 아들은 이제 겨우 10살밖에 안 됐지만 벌써 재목감의 자질을 보이고 있었다.

어느 가을날, 마테오는 부인 주제파와 함께 마키 숲

속의 한 평원에 풀어 놓은 가축들을 보러 아침 일찍 길을 떠났다. 꼬마 포르투나토도 따라가고 싶었지만 숲 속의 평원은 아이에게는 너무 먼 거리였다. 게다가 누군가가 남아 집을 지켜야만 했기에 아버지는 어린 아들을 홀로 남겨 두고 떠났다. 어린 아들을 홀로 집에 남겨 두고 떠난 것을 아버지가 후회하게 될지 어떨지는 이제부터 시작되는 이야기를 읽은 뒤에 말하기로 하자.

아버지가 집을 떠난 지 벌써 몇 시간이 지났고, 꼬마 포르투나토는 멀리 푸른 산들을 바라보며 햇볕이 드는 곳에 누워 빈둥거리고 있었다. 머릿속에는 다가오는 일요일에 카포랄* 삼촌 댁에 가서 저녁을 먹고 놀 생각으로 가득 차 있었다. 그때였다. 갑자기 어디선가 총소리가 울리며 꼬마의 달콤한 생각을 산산조각 냈다. 꼬마

---

* 사람들을 이끌고 포악한 지주들에 대항해서 싸운 지도자들을 코르시카에서는 옛날부터 카포랄이라고 불렀다. 이런 전통은 아직도 남아 있어 재산이나 친인척 관계 등을 통해 일정한 영향력을 행사하는 사람들을 흔히 카포랄이라고 부른다. 코르시카에는 옛날부터 다섯 계급이 있었다. 카포랄이라 불리는 사람들은 위에서부터 두 번째 계급에 속하는 높은 사람들이다.

는 그 자리에서 벌떡 일어나 소리가 난 평원 쪽으로 고개를 돌렸다. 총소리는 불규칙적이긴 했지만 멈추지 않고 계속해서 났고, 점점 더 가까이 다가오고 있었다. 그러더니 평원과 마테오의 집을 연결하는 오솔길 위로 덥수룩한 수염을 기르고 산사람들이 쓰는 뾰족한 모자를 쓴 한 사나이가 모습을 나타냈다. 누더기 같은 옷을 걸친 이 사나이는 총에 몸을 의지한 채 발을 질질 끌고 있었다. 조금 전 허벅지에 한 방을 맞았던 것이다.

이 사나이는 산적(bandit)*이었는데,[2] 화약을 구하러 밤에 몰래 마을에 내려갔다가 그만 매복해 있던 코르시카 경찰 타격대에 걸려 도망쳐 온 것이다. 바위들 사이에 숨어 반격을 하면서 맹렬하게 뒤쫓는 경찰들을 용케도 따돌리며 그는 겨우 도망칠 수 있었고, 마테오의 집이 있는 곳까지 오게 되었다. 하지만 총을 맞은 그와 경찰들 사이의 거리는 갈수록 가까워져 이러다간 마키 숲 속으로 숨기 전에 경찰들에게 잡힐 것이 불을

* 방디(bandit)는 코르시카에서는 추방된 자를 의미한다.

보듯 뻔했다.

사나이는 포르투나토에게 다가와 말했다.

"네 아버지가 마테오 팔코네지?"

"네."

"나는 자네토 산피에로다. 지금 노란 옷을 입은 경찰
들에게 쫓기고 있단다. 나를 좀 숨겨 다오. 이렇게 다쳐
서 더 이상 갈 수가 없구나."

"아버지 허락도 없이 아저씨를 숨겨 주면 아버지가
야단칠지도 모르는데요……."

"아버지는 아마도 네가 잘했다고 하실 게다."

"아저씨가 어떻게 알아요?"

"어서 좀 숨겨 다오. 경찰들이 다 왔구나."

"안 돼요. 아버지가 돌아올 때까지 기다려야 돼요."

"뭐라고? 이 빌어먹을 꼬마 녀석 같으니라고. 5분도
안 돼 경찰이 온단 말이야! 어서 좀 숨겨 다오. 아니면
죽여 버리겠다."

꼬마 포르투나토는 꿈쩍도 하지 않고 침착하게 응수
했다.

"아저씨 총에는 총알이 없어요. 그리고 탄띠에도 없고요."

"하지만 내겐 이 단검이 있다."

"그렇지만 아저씨가 나보다 빨리 뛸 수는 없을 걸요?"

말을 마친 꼬마는 훌쩍 뛰어 사나이에게서 멀리 떨어졌다.

"너는 마테오 팔코네의 아들이 아니구나! 네가 정말로 마테오 팔코네의 아들이라면 이러지는 못한다. 너의 집 앞에서 내가 경찰들에게 잡혀가도 좋다는 거냐?"

꼬마는 이 말에 움찔했다. 다시 가까이 다가서면서 말했다.

"아저씨를 숨겨 주면 대신 뭘 줄래요?"

쫓기던 사나이는 허리띠에 매달린 가죽 주머니에서 뭔가를 찾더니 5프랑짜리 동전을 한 닢 꺼냈다. 아마도 화약을 사려고 숨겨 두었던 돈이었을 것이다. 반짝거리는 은화를 보자 포르투나토의 입가에는 미소가 돌았다. 꼬마는 동전을 잡아채더니 자네토에게 말했다.

"걱정하지 마세요."

말을 마치기도 전에 꼬마는 집 옆에 세워진 건초 더미 속에 커다란 구멍을 하나 만들어 자네토를 들여보낸 다음 숨을 쉴 수 있게 약간 벌려 놓고, 곁에서 봐선 안에 사람이 있다는 것을 알아볼 수 없게 덮어 버렸다. 그런 다음 꼬마는 이제 막 건초더미에 손을 댄 적이 없다는 것을 나타내기 위해 어미 고양이와 새끼들을 데려다 건초 더미 위에 올려놓았다. 아이는 타고난 꾀돌이였다. 이어 아이는 집 근처 오솔길에 남아 있는 핏자국을 정성스레 먼지로 덮어 지웠고, 다시 처음처럼 양지쪽에 누워 태평스럽게 낮잠을 자는 척했다.

　잠시 후 노란 깃이 달린 고동색 옷을 입은 경찰 여섯 명이 한 상급자의 지휘를 받으며 들이닥쳤다. 이 지휘관은 따지고 보면 마테오와 먼 친척뻘이 되는 사람이었다(코르시카에서는 다른 곳과는 달리 꽤 먼 친척까지도 따진다). 티오도르 감바라는 이름의 이 사나이는 보통내기가 아니었고, 벌써 도망자들을 여러 명 잡은 경력이 있어 도망자들 사이에서는 공포의 대상이었다. 지휘관이 포르투나토에게 말을 걸어왔다.

"잘 있었어, 꼬마 친척. 그동안 많이도 컸구나. 혹시 이곳을 지나가는 사람 못 봤니?"

포르투나토는 일부러 멍청한 표정을 지어 보이며 딴전을 피웠다.

"아저씨만큼 크려면 아직도 한참 있어야 돼요."

"곧 클 거다. 그건 그렇고 누구 지나가는 사람 없었니?"

"지나가는 사람을 못 봤냐고요?"

"그래, 검은 벨벳으로 만든 뾰족 모자를 쓴 사람 말이야. 웃옷에는 붉고 노란 수가 놓여 있고……."

"뾰족한 모자를 쓰고 붉고 노란 수를 놓은 웃옷을 입었다……."

"그래 맞아. 봤어, 못 봤어? 내 말을 따라하지 말고 얼른 대답이나 해."

"오늘 아침 신부님이 우리 집 앞을 지나갔는데, 신부님은 늘 타고 다니시는 피에로를 타고 있었어요. 아버지는 어떻게 지내시냐고 물으시기에 나는 신부님에게……."

"아니, 이런 엉큼한 꼬마를 봤나. 일부러 모른 척하

지 말고 자네토가 어디로 갔는지 어서 말해 봐. 우리가
찾고 있는 놈이 바로 그 작자야. 이 길을 따라갔을 거
야. 확실해."

"누가 그래요?"

"누가 그러더냐고? 나는 다 알고 있어, 네가 봤다는
것을."

"잠을 자고 있었는데도 뭐가 보이나요?"

"이런 망할 놈. 너는 잠을 자지 않았어. 총소리가 너
를 깨웠을 테니까 말이야."

"아저씨의 총이 그렇게 큰 소리를 낸다고요? 우리
아버지가 쏘는 총이라면 몰라도……."

"이런 빌어먹을 놈을 봤나. 보통 놈이 아니라니까!
분명히 너는 자네토를 봤어. 네가 숨겨 주었는지도 모
르겠구나. 자, 어서들 들어가서 집 안을 뒤져 봐. 한 발
자국도 더 못 갔을 거야. 그렇게 절뚝거리면서 마키 속
으로 숨어들 시간이 없었을 거라고. 게다가 핏자국도
이 집에서 멈췄어."

이 말을 들은 포르투나토는 빈정거리며 말했다.

"아버지가 알면 뭐라고 할까요? 아버지의 허락 없이 누군가가 집에 들어왔다는 것을 알면 아버지는 가만 있지 않을 텐데요."

화가 머리끝까지 난 감바는 꼬마의 귀를 잡아당기면서 말했다.

"이놈을 그냥……. 어디, 이 칼등으로 한번 맞아 볼 테냐? 실컷 얻어맞고 나서 이야기할래?"

하지만 포르투나토는 계속 빈정거리기만 했다.

"우리 아버지가 마테오 팔코네예요."

말을 마친 꼬마의 얼굴에는 자랑스럽다는 표정이 역력했다.

"꼬마야, 나는 너를 코르트나 바스티아의 감옥에 보낼 수도 있어. 그러면 너는 발에 무거운 쇠사슬을 차고 썩은 짚단 위에서 잠을 자게 될 거야. 계속해서 말을 안 들으면 아예 단두대로 보내 목을 잘라 버릴 수도 있어……."

하지만 꼬마는 이 우스꽝스러운 협박에 웃음을 터뜨리고 말았다.

"우리 아버지가 마테오 팔코네라니까요!"

경찰들 가운데 한 사람이 나섰다.

"소장님, 마테오와는 일을 만들지 않는 게 좋을 것 같은데요……."

감바의 얼굴에는 당황하는 빛이 역력했다. 이미 집을 둘러보고 나온 경관들과 감바는 낮은 소리로 뭔가 이야기를 주고받았다. 집 수색은 오래 걸리지 않았다. 코르시카 섬의 집이라는 것이 모두 단칸방이었기 때문이다. 또 가구도 식탁과 긴 의자 몇 개와 간단한 그릇 몇 개와 사냥 도구 들이 들어 있는 상자가 전부였다. 꼬마 포르투나토는 여유 만만한 표정으로 새끼 고양이를 쓰다듬으면서 경찰들이 속아 넘어가는 것을 구경하고 있었다.

한 경관이 건초 더미에 가까이 다가갔다. 새끼 고양이 한 마리가 건초 더미 위에 올라가 있었다. 경관은 긴 칼이 꽂힌 총으로 건초 더미를 찔러 보았다. 경관은 혹시 모른다 싶은 표정을 지으면서도 스스로 생각해도 자신의 행동이 우습다는 듯이 어깨를 들썩해 보였다.

건초 속에는 아무것도 없었고, 꼬마의 얼굴에도 전혀 동요하는 기색이 보이질 않았다.

감바 소장과 경관들은 난감한 표정을 지으면서 되돌아갈 생각으로 벌써 시선을 평원 쪽으로 돌리고 있었다. 이때였다. 아무리 위협을 하고 겁을 주어도 결코 넘어가질 않는 아이가 마테오 팔코네의 아들이라면 방법을 바꿔 칭찬을 해 주면서 선물을 주어 보자는 생각이 불현듯 감바의 머리에 떠오른 것이다.

"꼬마 친척, 아버지를 닮아 너는 정말 용기가 대단하구나. 아버지보다 더 큰 사람이 될 거야. 나를 이기다니……. 마테오 팔코네만 아니었다면 너는 벌써 내 손에 죽었을 거야……."

"흥!"

"아버지가 돌아오면 모두 다 이야기할 테다. 그러면 너는 엉덩이에서 피가 날 정도로 매를 맞을 게 틀림없어."

"나랑 내기할까요?"

"두고 봐라……. 어쨌든 네가 하도 용감해서 너한테 뭐라도 좀 주고 싶구나."

"그 전에 한마디만 할게요. 이렇게 여기 오래 머물러 있으면 있을수록 자네토라는 사람은 더 멀리 도망 갈 거예요. 그러면 지금보다 더 많은 경찰이 필요할 거고요."

이때였다. 주머니에서 번쩍거리는 은시계를 꺼낸 감바는 꼬마가 시계에서 눈을 떼지 못한 채 눈을 반짝거리는 것을 알아채고는 가까이 다가가 꼬마의 눈앞에다 대고 상당히 값이 나가 보이는 시계를 흔들어 댔다.

"꼬마야. 이 번쩍거리는 시계를 목에 걸고 마치 공작처럼 목에다 잔뜩 힘을 준 채 포르토-베키오 항구 거리를 한번 걸어 보고 싶지 않니? 그러면 지나가던 사람들이 모두 돌아서서 '꼬마 신사 양반, 지금 몇 시쯤 되었어요?'라고 물을 거다. 그때 너는 시계를 가리키며 이렇게 말하겠지. '이 시계를 보세요.'"

"내가 어른이 되면 카포랄 삼촌이 시계를 줄 거예요."

"물론이지. 나도 알아. 하지만 카포랄 삼촌의 아들은 벌써 이런 시계를 하나 갖고 있는걸. 물론 그 시계는 이것보다는 덜 예쁘지만……. 그렇지만 너도 알다시피 그아이는 너보다도 나이가 어린단다……."

꼬마는 한숨을 내쉬었다.

"자, 어떠냐. 이 시계를 갖고 싶지?"

곁눈질로 시계를 바라보고 있는 포르투나토는 마치 생선토막을 앞에 두고 있는 고양이 같았다. 사람들이 자신을 놀리고 있다는 것을 알았기 때문에 고양이는 감히 발톱을 드러내지 못하고 있을 뿐이었다. 고양이는 유혹에 지지 않기 위해 먼 산을 바라보는 척도 해 보았다. 하지만 벌써 혀로는 입술을 핥고 있었고, 생선을 들고 있는 주인에게 "주인님, 이렇게 저를 놀리시다니. 정말 잔인하시군요." 하고 속마음을 털어놓을 준비가 되어 있었다.

감바는 자신 있는 태도로 계속해서 꼬마의 눈앞에서 시계를 흔들어 댔다. 씁쓸한 미소를 지어 보인 포르투나토의 입에서는 한숨 소리와 함께 마지막으로 저항하는 소리가 새어 나왔다.

"왜 나를 놀리는 거죠?"

"내가 너를 놀린다고? 천만의 말씀. 단지 자네토가 어디 있는지만 가르쳐 주면 너에게 이 시계를 주겠다는 것뿐이야."

포르투나토의 얼굴에는 아무래도 믿을 수 없다는 표정이 스쳐 지나갔지만 동시에 감바의 검은 두 눈을 바라보는 꼬마의 눈빛에는 감바의 표정에서 그의 말을 믿어도 좋다는 증거 같은 것을 찾아내려는 기색이 역력했다. 꼬마의 마음을 읽은 감바가 입을 열었다.

"만일 내가 약속을 어긴다면 내 어깨에 있는 이 견장을 떼어 버리마. 여기 있는 내 부하들이 모두 증인이다. 사나이 대 사나이로 약속하지."

이 말을 하면서 감바는 시계를 거의 창백해진 뺨에 닿을 정도로 꼬마의 얼굴 가까이 갖다 댔다. 꼬마는 싸우고 있는 중이었다. 시계를 갖고 싶은 욕망과 사나이의 의리 사이에서.* 가슴은 이제 쿵쿵 소리를 내며 뛰고 있었고, 포르투나토는 거의 숨이 막힐 지경이었다. 그러는 동안에도 시계는 계속해서 그의 눈앞에서 어른거렸는데, 그러다가 때로는 코끝에 살짝 부딪치기도 했

---

* 사나이끼리의 의리는 절대로 어겨서는 안 되는 것이 코르시카 섬의 오랜 전통이다.

다. 마침내 꼬마는 천천히 오른손을 들어올렸다. 손가락 끝에 시계가 닿았고, 이어 시계 전체가 그의 손안에 묵직하게 들어왔다. 하지만 감바는 아직 시곗줄을 놓지 않았다. 숫자판은 새로 푸른색으로 갈았고, 약을 발라 잘 닦은 케이스에서는 유난히 광이 났다. 손을 펴자 햇빛을 받은 시계는 번쩍거리며 빛을 발했고……. 유혹은 꼬마가 견디기에는 너무 강했다.

포르투나토는 어깨까지 왼손을 올려 등을 기대고 있던 건초 더미를 엄지손가락으로 가리켰다. 그 손짓이 무엇을 뜻하는지 알아들은 감바는 시곗줄을 놓았다. 시계는 꼬마의 손안에 떨어졌고, 이제 시계는 꼬마의 것이 되었다. 꼬마는 사슴처럼 날쌘 동작으로 몸을 일으켜 건초 더미에서 열 발자국 정도 물러났다. 그러자 경관들이 달려들어 건초 더미를 쓰러뜨렸다.

건초 더미는 순식간에 무너져 내렸고, 피범벅이 된 한 사나이가 손에 칼을 쥔 채로 안간힘을 쓰며 일어서려 하고 있었다. 피가 멈추긴 했지만 상처 때문에 도저히 몸을 움직일 수가 없었던 그는 다시 그 자리에 쓰러지고 말았다. 그때 감바가 달려들어 그의 손에서 칼을 빼앗았고, 동시에 다른 경관들이 달려들어 몸부림치는 그를 꽁꽁 묶어 버렸다.

나뭇단처럼 묶여 땅에 눕혀진 자네토는 포르투나토가 가까이 다가오자 꼬마를 올려다보며 말했다.

"마테오 팔코네의 아들이란 놈이……."

말을 채 끝내지 못한 그의 눈빛에는 분노보다도 오히려 경멸하는 빛이 더 가득했다. 꼬마는 자네토에게서 받은 은화를 더 이상 갖고 있을 수 없다는 생각이 들었는지 은화를 원래의 주인에게 던졌다. 하지만 자네토는 꼬마의 이 행동을 못 본 척하고 감바에게 눈길을 돌리며 냉정하게 말했다.

"감바 씨, 나를 시내까지 데려가야 할 텐데 보시다시피 나는 걸을 수가 없는 몸이오."

"조금 전만 해도 네놈은 노루처럼 날쌔게 달아났었지. 어쨌든 걱정할 것 없다. 너를 업고 10리를 달려가라고 해도 갈 테니까. 담요와 네가 입던 옷으로 들것을 만들어 옮길 테니까 그 점은 걱정할 것 없다. 크레스폴리

농장까지만 가면 거기서 말을 빌릴 수도 있고."

"좋소. 이왕이면 들것에 밀짚을 조금 넣어 주시오. 흔들릴 때마다 몸이 아파서 견딜 수가 없을 것 같소이다."

경관들은 두 무리로 나뉘어 한쪽은 밤나무 가지로 들것을 만들었고, 다른 사람들은 자네토의 상처에 붕대를 감아 주었다. 그때였다. 멀리 마키 숲으로 통하는 오솔길 끝에 마테오 팔코네와 부인이 모습을 드러냈다. 부인은 밤이 가득 담긴 부대 자루를 머리에 인 채 꾸부정하게 등을 구부리고 걸어오고 있었고, 그 옆에는 총한 자루가 달린 탄띠를 등에 걸친 채 손에 또 다른 총한 자루를 든 마테오 팔코네가 의젓한 자세로 걸어오고 있었다. 남자가 손에 무기 이외의 다른 것을 드는 것은 코르시카에서는 남자로서 체면을 깎이는 일이었다.

경관들을 보자 마테오 팔코네는 처음에는 자신을 잡으러 온 줄 알았다. 왜 그런 생각을 했을까? 혹시 경관들하고 안 좋은 일이라도 있었단 말인가? 아니었다. 마테오 팔코네는 점잖기로 소문이 자자한 사람이었다. 하지만 코르시카의 산골에 사는 사람 중에 언젠가 한 번 정도 칼부림이나 총싸움 같은 것에 끼어들지 않은 사람은 없었고 마테오도 예외는 아니었다. 하지만 지난 6년 동안 단 한 번도 사람에게 총을 겨누어 본 적이 없었던 마테오로서는 양심에 크게 거리낄 것이 없었다. 하지만 언제나 그랬던 것처럼 어떤 일이 벌어질지 몰라서 마테오는 단단히 방어 태세를 취했다.

"부인, 무슨 일인지 모르겠으나 짐을 내려놓고 준비하시오."

부인은 남편이 시키는 대로 했다. 마테오는 부인에게 등에 메고 있던 총을 건네주었다. 혹시 일이 벌어지면 움직이는 데 지장을 줄 수도 있기 때문이었다. 마테오는 이어 들고 있던 총에 장전을 한 다음 길가의 나무들을 따라 천천히 집을 향해 걸음을 옮겼다. 조금이라도 수상한 낌새가 보이면 재빨리 나무 뒤로 몸을 숨기고 응사하기 위해서였다. 부인은 다른 총 한 자루와 탄약 주머니를 든 채 그림자처럼 남편의 뒤를 바짝 따라갔다. 남편의 총에 총알을 재어 주는 것도 코르시카 섬에서는 좋은 아내의 내조에 속하는 일이었다.

감바는 천천히 걸음을 옮기며 마테오 팔코네가 방아
쇠에 손가락을 댄 채로 총구를 치켜들고 다가오는 것
을 보자 당황해하며 어찌할 바를 몰랐다. 그의 머릿속
에는 여러 생각들이 떠올랐다.

"혹시 마테오와 자네토가 친척 간이라면…… 아니면
혹시 친구 사이라도 된다면…… 마테오의 총은 빗나가
는 법이 없으니 우리 가운데 둘은 이미 죽은 목숨일 거
고……. 나하고도 먼 친척지간이긴 하지만 또 나를 향
해 총을 겨누면……."

당황해하고 있을 수만은 없었다. 소장은 자기가 먼
저 마치 오랜 친구처럼 다정하게 마테오 팔코네에게
다가가 자초지종을 설명하는 것이 좋을 듯싶었다. 결정
을 했지만 얼마 안 되는 자신과 마테오 사이의 거리는
감바에게는 너무나도 멀게만 느껴졌다.

"아니, 이게 누군가! 정말 오랜만일세! 그동안 어떻
게 지냈어……. 나야, 나. 자네 친척, 감바……."

마테오는 일언반구 대답도 하지 않은 채 잠시 걸음
을 멈추었고, 감바가 다가오자 총구를 위로 올려 하늘

로 향하게 했다. 감바는 가까이 다가와 손을 내밀며 계속 떠들어 댔다.

"잘 있었나? 정말 오랜만일세."

"잘 있었나."

"마침 볼일이 있어서 이곳을 지나는 길에 잠깐 들렀네. 자네와 사촌인 페파 얼굴이나 좀 보고 가려고 말이야. 오늘 하루는 정말 힘들었네. 자네도 알겠네만 그 유명한 자네토 산피에로를 잡느라고 온종일을 쫓아다녔다네."

"정말 큰일을 했네요. 그렇지 않아도 그놈이 저번 주에 우리 집 염소 한 마리를 훔쳐 갔었는데."

주제파의 이 말을 들은 감바는 한결 마음이 놓였다. 하지만 마테오의 다음 말은 조금 달랐다.

"불쌍한 친구 같으니라고. 얼마나 배가 고팠으면 그랬을까."

감바는 실망한 표정을 감추며 대꾸했다.

"말도 말게. 그놈이 어찌나 거세게 대들던지. 우리 경관 한 사람이 그놈 총에 맞아 죽었다네. 그래 놓고도 그놈은 성이 안 찬다는 듯이 샤르동의 팔을 부러뜨려 놓았지. 하지만 그거야 샤르동이 프랑스 놈이니까 별일 아니지만…….[3] 어쨌든 그놈이 어찌나 귀신같이 잘 숨는지 영영 놓치는 줄 알았다네. 만일 자네 아들, 포르투나토의 도움이 없었다면 아마 끝내 못 잡았을 걸세."

"포르투나토라고 했나, 지금?"

"우리 아들 포르투나토 말인가요!"

주제파가 놀란 표정으로 다시 물었다.

"그렇다네. 자네토, 그놈이 글쎄, 건초 더미 속에 몸을 숨기고 있었는데 꼬마 친척이 내게 그걸 일러 주어서 쉽게 찾아내지 않았겠나. 위에다가 이야기해서 상이라도 주어야겠네. 보고서를 써서 올릴 때 자네와 아들의 이름을 내가 검사장에게 써 보내겠네."

이 말을 듣고 있던 마테오 팔코네의 입에서는 나지막한 목소리가 새어 나왔다.

"의리를 저버리다니!"

모두들 경관들이 모여 있는 데로 가까이 다가갔다. 자네토는 이미 들것에 실려 있었고, 막 떠날 태세였다.

자네토는 감바와 함께 마테오가 다가오는 것을 보자 마테오의 집 쪽을 향해 침을 한 번 뱉은 다음 미소를 지으며 말했다.

"의리를 저버린 자의 집에 저주가 있을 것이오!"

오직 죽을 각오를 한 자만이 마테오 팔코네에게 이런 말을 할 수가 있었다. 이런 말을 들으면 마테오 팔코네의 칼은 그 즉시 상대방을 향해 날아들었기 때문이다. 하지만 마테오 팔코네는 크게 낙담한 표정을 지으며, 이번에는 자네토의 이마 위에 손을 얹고 위로했을 뿐 더 이상 다른 행동은 취하지 않았다.

포르투나토는 아버지가 돌아오는 것을 보자 집으로 들어가더니 곧이어 우유 단지를 들고 나와 두 눈을 내리간 채 자네토에게 우유를 따라 주었다. 하지만 자네토의 입에서는 욕설만이 터져 나왔다.

"내 몸에 손대지 마라!"

이렇게 버럭 소리를 지른 뒤 자네토는 경관을 향해 말했다.

"경관 양반, 마실 것을 좀 주구려."

경관은 물주머니를 건네주었고, 자네토는 조금 전까지만 해도 서로 목숨을 걸고 싸우던 사람이 건네준 물병을 받아 벌컥벌컥 들이켰다. 물을 다 마신 자네토는 뒤로 묶은 손을 풀어 앞으로 묶어 달라고 요구했다.

"이왕 잡혀 가는 몸, 편히 누워서 가고 싶소."

경관들이 달려들어 그가 해 달라는 대로 편하게 해 주었다. 감바가 출발 신호를 내리면서 마테오에게 작별 인사를 고했다. 하지만 마테오는 아무런 대답도 하지 않았다. 경관들은 서둘러 빠른 걸음으로 평원을 내려갔다.

마테오 팔코네가 입을 연 것은 그로부터 10여 분이 지나서였다. 꼬마는 근심 어린 눈으로 어머니와 아버지를 번갈아 쳐다보았다. 총을 짚고 서 있는 아버지의 얼굴에는 치밀어 오르는 분노를 가까스로 참고 있는 표정이 역력했다. 마테오는 차분하면서도 단호한 음성으로 입을 열었다. 이 목소리는 그를 아는 자들을 겁에 떨게 하는 목소리였다.

"싹수가 노랗다. 너는."

"아버지……."

포르투나토는 눈물을 글썽이며 아버지의 무릎을 잡고 늘어졌다. 마테오는 다시 버럭 소리를 질렀다.

"내게서 떨어지거라, 이놈."

꼬마는 아버지에게서 몇 발자국 떨어져 그 자리에 못 박힌 듯 꼼짝도 못 한 채 흐느껴 울었다. 어머니 주제파가 가까이 다가왔다. 어머니는 아이의 셔츠 위로 흘러나온 시곗줄을 보았던 것이다. 어머니는 엄한 목소리로 물었다.

"너, 이 시계 어디서 났니? 어서 솔직히 말해 보렴."

"소장 아저씨가 주었어요."

마테오는 그 자리에서 시계를 빼앗아 바위에 내동댕이쳤다. 시계는 산산조각이 났다.

"부인, 이 아이가 우리 아들 맞소?"

햇볕에 그을린 어머니의 고동색 얼굴이 갑자기 붉은 벽돌처럼 새빨갛게 달아올랐다.

"여보, 어떻게 하시려고 그러세요?"

"이놈은 우리 가문에서 처음으로 배신이라는 죄악을 저지른 놈이야."

포르투나토의 울음소리와 딸꾹질 소리는 갈수록 더 커졌다. 마테오의 스라소니 같은 두 눈은 한시도 아들에게서 떠나지 않고 있었다. 마침내 마테오는 들고 있던 총으로 땅을 한 번 친 다음 총을 어깨에 멨고, 아들을 돌아보며 자신을 따라오라고 하면서 마키 숲을 향해 걸어갔다. 아이는 아버지를 따라갈 수밖에 없었다.

　주제파는 남편을 쫓아가 팔을 붙잡고 애원했다. 어머니의 목소리는 듣기에도 안타까울 정도로 떨리고 있었고, 남편의 의중을 헤아리려는 듯 두 눈은 남편의 눈을 한시도 떠나지 않고 있었다.

　"이 아이는 당신 아들이에요. 당신 아들……."

　"나도 알고 있소. 이 아이는 내 아들이기도 하오."

　주제파는 아들을 한 번 끌어안은 다음 울면서 집으로 들어가 버렸다. 어머니는 성모상 앞에 무릎을 꿇고 앉아 지성으로 마리아에게 기도를 드렸다. 그동안 마테오는 오솔길을 따라 약 100보쯤 걸어간 다음 작은 경사가 진 곳에서 걸음을 멈추었다. 걸음을 멈춘 그는 총 끝으로 땅을 찔러 보면서 땅이 잘 파지는지를 살펴보았

다. 땅은 그가 생각한 것처럼 적당했다. 그는 아들에게 소리쳤다.

"포르투나토, 저기 큰 바위 옆에 가서 서거라."

아이는 아버지가 시키는 대로 바위 곁에 가서 섰고, 다시 한번 울면서 애원했다. 하지만 아무런 소용이 없었다.

"어서 기도를 마치거라."

"아버지, 아버지. 제발 살려 주세요."

"어서 기도나 마쳐라!"

아버지의 목소리는 엄하고 무서웠다.

아이는 울먹이는 목소리로 더듬더듬 주기도문과 사도신경을 외웠다.

아버지는 한 문장 한 문장 기도가 끝날 때마다 아멘으로 화답했다.

"그 기도 외에는 더 아는 것이 없느냐?"

"아버지, 아베 마리아도 알고 있고, 어머니가 외우시는 연도도 알고 있어요."

"그 기도는 길긴 하지만 한번 외워 보려무나."

아이는 기어들어 가는 목소리로 기도를 다 외웠다.

"이제 다 외웠느냐?"

"아버지, 한 번만 용서해 주세요. 다시는 배신하지 않을게요. 맹세해요, 아버지. 소장 아저씨에게 가서 자네토를 살려 달라고 해 볼게요."

아이는 계속 애원했고, 그 사이 마테오는 총에 총알을 쟀다. 총을 뺨에 갖다 대면서 말했다.

"하느님이 너를 용서해 주길 기도하마."

아이는 필사적으로 아버지의 무릎을 붙잡고 매달리며 몸을 일으키려고 했다. 하지만 이미 마테오의 총에서는 불이 뿜어져 나왔다. 꼬마 포르투나토의 몸은 땅에 나뒹굴었고 점점 굳어졌다.

아들의 시체는 더 이상 거들떠보지도 않은 채 마테오 팔코네는 아들을 묻기 위해 삽을 가지러 집으로 갔다. 몇 걸음 옮기지 않아 총소리에 놀라 집을 뛰쳐나온 주제파를 만났다.

"아니, 당신 도대체 무슨 일을 저질렀어요?"

"심판을 했을 뿐이오."

"어디 있어요, 아이는?"

"저쪽, 비탈길에 있소. 곧 땅에 묻을 것이오. 아이는 기독교인으로 기도를 하고 숨을 거두었소. 미사도 올려 줄 것이오. 사위인 티오도르 비앙키에게 연락해서 우리 집에 와서 살라고 하시오."

(1829년)

T'amango

타망고

르두 선장은 마음씨 좋은 사람이었다. 선원으로 바다 생활을 시작한 그는 조타수[1] 자리까지 올라갔지만 트라팔가 해전[2]에 참전했다가 쓰러지는 마스트(돛대)에 그만 왼팔이 깔리는 바람에 팔을 잘라 내야 했고, 그동안 받은 훈장과 표창장을 챙겨 영원히 군대를 떠나야 했다.

하지만 휴식은 그에게는 어울리지 않았다. 다시 배를 탈 수 있는 기회가 생기자 그는 이 기회를 놓치지 않았고, 민간이 운영하지만 적국의 상선들을 나포해도 된다는 정부의 허가를 갖고 있는 사략선(私掠船)[3]에 제2항해사로 다시 오를 수가 있었다. 그는 전과를 몇 건

올린 덕에 돈을 약간 손에 넣게 되었다. 이 돈으로 그는 이미 그간의 경험을 통해 훤히 알고 있는 것이었지만, 항해술에 대해 부족함을 느껴 오던 이론을 얻기 위해 항해술 책들을 구입해 본격적으로 공부하기 시작했다. 세월이 흘러 그는 어느덧 함포 세 문을 장착하고 승무원 60여 명을 거느린, 전보다 더 큰 다른 사략선의 선장이 되었다. 연안 여객선인 저지호 선원들의 머릿속에는 그 당시 그가 떨쳤던 무용담이 아직도 생생히 남아 있었다.

하지만 1814년 나폴레옹이 물러나고 다시 왕국이 된 프랑스와 영국 사이에 강화조약이 체결되자 이 사건은 르두 선장을 크게 낙담시켰다. 선장은 영국과 전쟁을 하는 동안 작은 재산을 모을 수 있었고, 영국과 전쟁을 계속한다면 더 많은 재산을 모을 수 있다는 희망을 가지고 있었던 것이다. 하지만 이제는 세상이 달라져서 군인이 아닌 일반 상인들을 위해 배를 몰 수밖에 없게 된 것이다.

이미 풍부한 경험과 용기를 갖춘 인물로 명성이 자

자했던 그는 어렵지 않게 다시 선장이 될 수 있었다. 흑인 노예의 매매를 금지하는 금지령이 내려졌기 때문에 돈을 많이 벌 수 있는 이 장사를 은밀히 계속하기 위해선 세관의 눈을 피해야만 했다. 프랑스 쪽 세관은 쉽게 피할 수 있었지만 문제는 감시가 엄격한 영국 세관이었다. 영국 세관을 피하는 일은 아주 위험한 모험에 속했다. 르두는 바로 검은 황금으로 불리던 이 흑인 노예들을 영국 순양함[4]들의 날카로운 눈을 피해 아프리카에서 미국으로 실어 날라다 파는 밀무역에 없어서는 안 될 소중한 인물이었다.

선원 생활을 오래 하다 보면 사람들은 으레 지쳐서 아예 새로운 생각을 귀찮아하게 되고 두려워하기까지 했다. 그래서 이런 사람들은 운 좋게 상급자가 된다 하더라도 예전의 게으른 정신상태를 버리지 못하고 만다. 하지만 르두 선장은 혁신적인 생각을 기대하기란 처음부터 어려운 이런 사람들과는 전혀 다른 인물이었다. 그는 새로운 것을 두려워하지 않았다. 선주에게 식수를 담아 보존하는 통을 철제로 만들자는 제안을 맨 처음에 한 사람도 그였다. 흑인 노예선이 갖추고 있어야 할 수갑과 체인들도 그가 선장이 되자 모두 새롭게 제작된 것으로 바뀌었고, 녹이 스는 것을 방지하기 위해 세심하게 니스 칠까지 하게 되었다. 예전에는 상상도 할 수 없었던 일이었다.

하지만 르두 선장이 노예선 선장으로 명성을 떨치게 된 것은 자신이 직접 제작을 지휘해 건조시킨 브리크 함 때문이었다. 돛을 두 개 단 이 배는 군함처럼 폭이 좁고 날렵하게 생겼지만 그러면서도 엄청나게 많은 노예를 실을 수 있는 노예 수송 전용선이었다. 당시 노예선은 보통 선원 45명 정도와 노예 약 600명까지를 한꺼번에 실어 나를 수 있었지만 르두 선장의 배는 이를 훨씬 능가했다. 르두 선장은 자신이 만든 배에 '희망'이라는 이름을 지어 붙였다. 선장은 상갑판과 하갑판 사이에 1미터 10센티미터 정도의 상당히 낮은 중갑판을 만들었다. 보통 키의 흑인들이 겨우 앉을 정도의 높이였다. 그의 말에 따르면 흑인 노예들이 배를 타고 가는 동안 일어설 이유가 없다는 것이었다.

"미국 땅에 떨어지면 앉을 시간도 없이 일만 하게 될 텐데, 그때가 되면 이렇게 앉아서 배를 타고 가던 시절이 그리워질걸······."

흔히 노예선을 탄 흑인들은 배 벽에 등을 바짝 붙이고 두 줄로 길게 앉아 그 사이로 사람이 지나다닐 수 있는 통로를 만들었다. 하지만 르두 선장은 이 통로도 아까워하며 두 줄로 늘어선 노예들 사이에 다시 그들과 직각으로 노예를 앉힐 궁리를 해냈다. 그의 배는 이렇게 해서 크기가 같은 다른 배보다 늘 10여 명이 더 많은 노예를 실을 수가 있었다. 이보다 더 많은 노예를 실을 수도 있었지만 그것은 너무 가혹한 일이라는 생각이 들었는지 르두 선장은 이 정도에서 멈추었다. 한 달 반 동안 대서양을 건너는 동안 팔다리라도 뻗을 수 있게 하기 위해서는 흑인 노예 한 명당 가로 65센티미터에 세로 1미터 60센티미터의 공간은 주어야만 한다는 것이었다. 르두 선장은 이 공간에 대해 마치 양해라도 구한다는 듯이 선주에게 종종 다음과 같이 말했다.

"어쨌든 이 깜둥이들도 백인처럼 사람이지 않습니까."

당시의 미신에 따라 희망호(號)는 금요일에 닻을 올리고 낭트 항을 출발했다. 세관의 검사관들은 세심하게 배 안을 둘러보았지만 쇠사슬과 수갑, 그리고 왜 그렇게 불렀는지 이유는 알 수 없지만 어쨌든 흔히 "정의의 심판대"라고 불렀던 쇠로 만든 차꼬[5]들을 찾아낼 수는 없었다. 희망호가 엄청난 양의 식수를 비축하고 있었지만 검사관들은 서류상으로는 목재와 상아 무역을 하기 위해 세네갈로 간다고 되어 있어선지 별로 이상하게 생각하지도 않았다. 항해는 그리 길지 않았다. 하지만 주의해서 나쁠 것은 없었다. 만일 날씨가 유난히 좋아 바람이 불지 않는 날이 길어지면 물이 부족할 수도 있었다(당시 일반적인 노예선에는 물통을 약 600개 정도 실었는데, 이는 170톤 정도로 배 전체 톤수의 약 절반에 해당하는 양이었다).

모든 준비를 마친 희망호는 순풍에 돛을 달고 항구를 미끄러져 나갔다. 르두 선장은 좀 더 튼튼한 마스트를 준비하고 싶었지만 어쨌든 자신이 선장인 한 별로 걱정할 일은 아닌 듯싶었다. 항해는 아프리카 해안까지는 순조롭게 진행되었다. 배는 영국 순양함들이 감시를 소홀히 하는 틈을 타 세네갈의 조알 항구에 들어갔다. 곧이어 현지 노예상들이 배에 올라왔다. 배는 마침 더 이상 좋을 수 없을 정도로 좋은 때에 항구에 들어왔다. 왜냐하면 명성이 자자한 전사이자 인간 백정이기도 한 타망고가 이제 막 엄청난 수의 흑인 노예들을 몰고 해안에 도착했기 때문이다. 타망고는 물건이 부족하다 싶으면 언제든지 즉석에서 조달할 수 있는 능력과 수단을 갖고 있었고, 르두 선장이 도착한 그때도 헐값에 노예들을 팔아 치우고 있었다.

르두 선장은 배에서 내려 타망고를 찾아갔다. 타망고는 부인 두 명, 노예 브로커 몇 명과 함께 허름하게 지은 초가집에서 살고 있었다. 타망고는 백인 선장을 영접하기 위해 몸을 치장하고 있었다. 다 낡은 푸른색 군복을 입고 있었는데, 군복에는 아직도 덜렁거리는 상사 계급장과 장식 줄들이 그대로 남아 있었다. 또 양 어깨 위로는 단추 하나에 고정된 금색 견장 두 개가 달려 있었는데, 견장은 실밥이 느슨해져 하나는 뒤로 다른 하나는 앞으로 비죽 튀어나와 역시 어깨 위에서 덜렁거리고 있었다. 안에 셔츠를 바쳐 입지 않았고 또 엄청난 체구에 비해 옷이 너무 작았기 때문에, 치켜 올라간 군복의 흰 안감과 노예를 팔고 사 입은 기니산(産) 마로 만든 반바지 사이로 검은 피부가 마치 검은 허리띠처럼 불룩하게 드러나 보였다. 허리에는 기병들이 차고 다니던 긴 칼을 차고 있었고, 손에는 2연발의 영국제 장총을 들고 있었다. 이렇게 차려입은 아프리카 전사는 스스로 생각해도 자신이 파리나 런던의 웬만한 멋쟁이에 뒤질 것이 하나도 없는 것처럼 보였다.

르두 선장은 이 아프리카 신사를 잠시 눈여겨보고 있었다. 자리에서 일어난 타망고는 마치 부대를 찾은 외국의 장군 앞에서 사열을 받는 모범 병사처럼 부동자세를 취했고, 자신이 한 백인에게 높은 평가를 받고 있다는 착각을 즐기고 있었다. 르두는 전문가답게 타망고를 샅샅이 살펴본 뒤 부관에게 지시를 내렸다.

"이놈은 최소한 1,000에퀴[6]는 받겠는걸. 건강한 데다가 어디 한 군데 상처도 없어……."

서로 자리를 잡고 앉았고, 세네갈 지방의 한 방언인 율프 어를 아는 한 선원이 통역을 했다. 서로 의례적인 인사를 주고받는 절차가 끝나자 한 나이 어린 풋내기 선원이 독한 위스키가 든 상자를 꺼냈다. 한 잔씩 나누어 마셨고, 르두 선장은 타망고의 기분을 한층 더 좋게 할 생각으로 나폴레옹의 초상화가 새겨진 화약통을 선물로 내밀었다. 타망고는 온갖 예의를 다 갖추어 선물을 받았고, 두 사람은 초가집을 나와 그늘에 마련된 탁자에 술을 올려놓고 마주 앉았다. 타망고가 신호를 보내자 팔려갈 흑인 노예들이 끌려 나왔다.

피로와 공포에 질려 몸을 숙인 채 노예들은 길게 줄을 서서 끌려 나왔는데, 모두들 목에는 긴 칼들을 차고 있었다. 큰 포크 모양으로 생긴 이 칼들은 길이가 무려 2미터 가까이나 되었고, 뾰족한 양끝은 목덜미 부근에서 만나 나무판으로 고정되어 있었다. 앞으로 걸어 나가기 위해서는 노예 인도자들 중 한 사람이 맨 앞으로 나와 첫 번째 노예가 찬 칼의 손잡이같이 생긴 긴 부분을 어깨에다 올려놓고 노예보다 앞장서서 걸어야만 했

다. 두 번째 노예는 첫 번째 노예의 등 위에 똑같은 방식으로 자신의 목을 채우고 있는 칼의 끝을 올려놓고 걸었고, 모든 노예들이 이런 방식으로 줄줄이 끌려 나왔다. 잠시 쉬어갈 때면 맨 앞의 인도자가 어깨에 올려놓았던 칼의 뾰족한 끝을 땅에다 꽂았고, 그러면 긴 줄 전체가 멈추어 섰다. 이렇게 2미터 가까이 되는 긴 나무를 목에다 채워 놨으니 도망을 가고 싶어도 못 갈 것으로 생각하고 있었다.

선장은 줄을 지어 지나가는 노예들을 유심히 바라보면서 흑인 노예들의 형편없어진 건강 상태에 혀를 차며, 허약한 남자 노예들이나 너무 늙거나 어린 여자 노예들을 골라냈다.

"물건들이 안 좋아졌어. 옛날에는 이렇지가 않았었는데 말이야⋯⋯. 여자들도 평균 1미터 70이 다 넘었고, 남자들은 힘이 좋아서 네 놈만 있어도 그 큰 프리기트 함의 닻을 감아 올리는 거대한 윈치를 돌릴 수가 있었는데 말이야⋯⋯."

선장은 마음에 안 들었지만 혀를 차면서도 건강하고

예쁜 노예들만을 골라내 정상 가격으로 계산했고, 나머지 노예들은 모두 헐값에 후려쳤다. 타망고는 나름대로 자신의 이익을 보호하기 위해 상품 자랑을 했고, 또 갈수록 흑인 남자가 줄어든다거나 노예 무역의 위험성 등을 이야기했다. 얼마인지는 모르겠으나 이렇게 해서 흥정은 끝난 것 같았고 선장은 자기가 원하는 노예들을 배에 실었다.

하지만 통역자가 프랑스 말로 일러 준 타망고의 말을 들은 르두 선장은 너무나 놀라고 화가 치밀어 올라 그 자리에서 쓰러지는 줄만 알았다. 의자에 걸터앉은 선장은 입에 담지 못할 험한 욕설을 한참 동안 뇌까린 다음 도저히 거래를 못 하겠다고 하면서 자리에서 벌떡 일어섰다. 그러자 이번에는 타망고가 직접 나서서 간신히 선장을 다시 자리에 앉혔다. 새로 술 한 병이 따졌고 협상이 다시 시작되었다. 하지만 이번에는 타망고가 기절초풍할 차례였다. 백인의 제안은 정말 상상을 초월하는 것이었다. 고함 소리가 오갔고, 긴 시간 이야기가 계속되었으며, 그 독한 술도 엄청나게 없어졌다. 하지만 술기운 탓이었는지 술병이 비워질수록 이야기는 잘 풀려 나갔다. 한 잔씩 마실 때마다 백인 선장은 자신의 제안을 하나씩 양보했고, 흑인 노예상도 주장을 굽히고 들어왔다.

이렇게 해서 결국 두 사람은 합의에 이르렀다. 흑인 노예상은 질 나쁜 면제품 몇 상자, 화약, 부싯돌, 위스키 세 통, 중고 장총 50정을 받고 흑인 노예 160명을 백인 선장에게 건네주기로 결정했다. 계약을 선포하겠다는 듯이 선장은 완전히 취하다시피 한 타망고의 손바닥을 펴 자신의 손과 마주쳤고, 노예들은 곧바로 프랑스 선원들의 손으로 넘어갔다. 프랑스 선원들은 서둘러 그때까지 흑인 노예들을 채웠던 긴 칼들을 벗겨 내고 그 대신 쇠로 만든 족쇄와 수갑들을 채웠다. 이 광경은 서구 문명의 우월성을 나타내는 것이었다.

이제 남은 것들은 모두 늙거나 너무 어리거나 또는 불구가 된 노예들 30여 명뿐이었다. 배는 이제 더 이상 노예를 실을 수 없을 정도로 꽉 차 있었다.

타망고는 이 남은 쓰레기들을 가지고 무엇을 할까

망망해 하던 끝에 위스키 한 병에 떨이로 넘기려고 했다. 타망고의 이 제안은 매혹적인 것이었다. 르두는 문득 언젠가 낭트에서 보았던 연극 〈시칠리아의 대학살〉[7]이 떠올랐다. 이미 입추의 여지도 없이 만원인 극장 안으로 뚱뚱한 사람들이 몰려들었는데도 비집고 들어가니 앉을 자리가 생겼었다. 인간의 몸은 유연해서 그렇게 좁은 공간에서도 서로 붙어 앉을 수가 있다. 르두 선장은 노예들 30명 중에서 몸놀림이 민첩해 보이는 20명을 골라 배에 실었다.

이제 10명이 남았다. 한 사람당 위스키 한 잔씩만 주어도 타망고는 팔아 버릴 생각이었다. 르두 선장은 잠시 생각에 잠겼다. 아이들은 공짜로 데려갈 수 있었고 자리도 반밖에는 차지하지 않는다. 먼저 선장은 아이들을 배에 실었다. 이제 남은 것은 7명이었다. 하지만 르두 선장은 한 명도 더 실을 수 없다고 선언해 버렸다. 그러나 아직도 7명이 남은 것을 본 타망고는 무슨 생각이 들었는지 불현듯 총을 꺼내더니 마침 옆에 있던 흑인 여자를 끌고 와서는 얼굴에다 총구를 들이대고 소리를 질렀다. 선장이 배에 실은 세 아이의 어머니였다.

"사시오. 만일 안 산다면 이 여자 노예를 죽여 버리고 말겠소. 딱 위스키 한 잔 값만 내란 말이오."

"아니, 저런 여자를 데리고 날보고 뭘 하란 말인가?"

타망고는 방아쇠를 당겼고 흑인 여자는 그 자리에서 쓰러졌다. 타망고는 다른 늙은 흑인을 총으로 겨누면서 계속 소리쳤다.

"위스키 한 잔이란 말이오, 아니면 또 쏘아 죽이겠소……."

갑자기 한 여자가 달려들었고, 총은 공중으로 오발되고 말았다. 타망고의 부인들 중의 한 사람이었다. 남편이 죽이려고 하는 노인이 자신에게 왕비가 될 것이라고 예언을 해 준 마을 점쟁이인 것을 알아본 것이다. 이미 위스키에 흠뻑 취해 제정신이 아닌 타망고는 자신의 뜻을 거스르는 것을 보자 그만 화가 치밀어 올라 개머리판으로 아내를 후려쳤다. 그러고는 르두 선장을 바라보며 말했다.

"자, 이 여인도 줄 테니 가져가시오."

여인은 아름다웠다. 르두는 입가에 미소를 흘리며 여인을 바라보다가 손을 잡아끌었다.

"이 여인을 어디다 쓸지 생각이 났네……."

통역을 맡은 사람은 인정이 있는 사람이었다. 이 광경을 지켜보던 그는 타망고에게 코담뱃값을 건네주고 나머지 노예 6명을 받았다. 그는 노예들에게서 칼을 벗겨 주며, 가고 싶은 데로 가라고 하면서 풀어 주었다. 풀려난 흑인 노예들은 허겁지겁 달아나기 시작했다. 하지만 그들의 고향은 해안에서 거의 1,000킬로미터나 떨어져 있었다.

르두 선장은 타망고와 작별 인사를 나누고 서둘러 물건들을 배에 실었다. 이 강가에서 시간을 끄는 것은 결코 현명한 일이 아니었다. 순양함들이 언제 나타날지 알 수 없었다. 선장은 그다음 날 떠날 생각을 하고 준비를 서둘렀다. 타망고는 들이붓다시피 한 술기운 탓에 쓰러져 그늘에서 코를 골며 잠이 들었다.

타망고가 잠에서 깨어났을 때 이미 배는 돛을 올리고 강을 미끄러져 내려가고 있었다. 전날의 과음으로 머리가 어찔어찔한 타망고는 아내인 에쉐를 찾았다. 하지만 아무리 불러도 대답이 없었다. 사람들은 아내가 타망고의 말을 듣지 않았고, 그래서 타망고가 아내를 백인 선장에게 선물로 주었고, 선장은 아내를 배에 태워 떠나 버렸다고 일러 주었다. 이 소식을 전해 들은 타망고는 자기 머리를 때리며 후회했지만 어쩔 수가 없었다. 타망고는 총을 집어 들었다. 바다로 나가려면 굽이굽이 휘어진 강을 빠져나가야만 했고, 그렇다면 배는 아직 강을 벗어나지 못했으리라. 타망고는 가장 빠른 지름길을 골라 바다로 이어지는 포구에서 약 3킬로미터 정도 떨어져 있는 강가로 달려갔다. 강가에는 작은 카누가 한 대 있을 것이고, 굽이굽이 흘러 내려가는 강 때문에 백인 선장의 배는 아직 강을 빠져나가지 못했으리라. 타망고의 추측은 맞았다. 카누는 강가에 있었고, 그것을 집어탄 타망고는 노예 무역선을 만날 수 있었다.

타망고를 다시 보자 선장은 깜짝 놀랐고, 아내를 돌려달라는 그의 말을 듣고는 더 놀라 어안이 벙벙할 지경이었다.

"한번 준 것은 물릴 수 없어."

이렇게 딱 잘라 말하고 선장은 등을 돌렸다.

하지만 흑인은 노예들을 팔고 받은 물건들 중 일부를 돌려주겠다고까지 하면서 물러서지 않았다. 선장은 껄껄 웃으면서 에쉐는 참 좋은 여자이고 그러니 자신이 계속 갖고 있겠다고 했다. 이 말을 듣자 가련한 타망고는 눈물을 펑펑 흘리며 애걸하며 소리를 질렀다. 그 울음소리는 마치 마취도 하지 않은 채 외과 수술을 받는 사람이 내는 비명과도 같았다. 그러다가 때론 에쉐 이름을 부르며 갑판 위를 뒹굴기도 했고, 때론 죽어 버리겠다는 듯이 뱃전에 자기 머리를 부딪치기도 했다. 하지만 선장은 꿈쩍도 하지 않은 채 타망고에게 이제 배에서 내릴 때가 되었다고 담담하게 손가락으로 해안선을 가리킬 뿐이었다. 그러나 타망고는 물러서지 않았다. 심지어 그는 자신이 애지중지하던 황금색 견장과 창과 칼까지 주겠다고 했다. 하지만 모두 소용이 없었다.

이런 소동이 일어나는 동안 희망호의 부선장이 선장

에게 다가왔다.

"지난밤에 깜둥이 셋이 죽었습니다. 자리가 빈 셈이지요. 그러니 죽은 세 명 몫을 하고도 남을 저 튼튼한 놈을 대신 데리고 가도 되지 않겠습니까?"

르두 선장은 잠시 생각에 잠겼다. 타망고를 데려가면 저놈 하나만으로도 1,000에퀴는 받을 수 있었다. 게다가 이 잘나가는 돈벌이도 감시가 심해지는 바람에 이번 여행으로 끝장날지도 모르는 일이다. 어쨌든 돈도 벌 만큼 벌었고, 이제 아프리카의 기니 해안에 자신의 악명을 남긴들 대수롭지 않은 일이었다. 해안에는 마침 개미 새끼 하나 눈에 띄지 않았고, 이 용감했던 아프리카 전사도 무릎을 꿇어 완전히 선장 마음대로 할 수 있는 상황이었다. 단지 무기만 빼앗으면 타망고는 이빨 빠진 사자나 마찬가지였다. 무기를 갖고 있을 때에는 조심해야만 했다. 결정을 내린 르두는 타망고에게 총을 달라고 했고, 아름다운 에쉐하고 바꿀 만한 가치가 있는지 총을 받아 이리저리 살펴보았다. 용수철을 점검하는 척하면서 선장은 약실에 들어 있는 화약을 눈에 띄지 않게 바닥에 흘려 버렸다. 부선장은 르두 선장 곁에서 칼을 만져 보고 있었다. 이렇게 타망고가 무장 해제되자, 그 즉시 옆에 있던 선원 둘이 달려들어 그를 갑판에 쓰러뜨린 뒤 포승을 묶으려고 했다. 엉겁결에 공격을 당한 뒤 상황을 파악한 흑인 전사 타망고는 두 선원을 상대로 참으로 오랫동안 저항했다. 장사 같은 그의 힘 덕분에 타망고는 다시 몸을 일으켰고, 주먹을 날려 그에게 올가미를 씌우려고 하던 선원을 꼬꾸라트렸다. 붙잡고 있던 다른 선원을 뿌리치며 옷이 찢긴 채 타망고는 이번에는 부선장에게 덤벼들어 빼앗긴 칼을 되찾으려고 했다. 부선장은 덤벼드는 타망고를 향해 칼을 휘둘렀다. 타망고는 다시 바닥에 쓰러졌다. 상처는 컸지만 다행히도 그리 깊지는 않았다. 타망고가 다시 바닥에 쓰러지자 사람들이 달려들어 두 발과 손을 꽁꽁 묶어 버렸다. 타망고는 손과 발이 묶이는 동안 분노에 찬 소리를 질렀다. 그 소리는 마치 사냥 그물에 사로잡힌 야생 멧돼지의 귀청을 찢는 듯한 날카로운 비명 소리 같았다. 하지만 모든 것이 다 끝났다는 것을 깨닫게 되자 흑인 전사의 두 눈은 조용히 감겼고, 더 이상 아무런 움직임도 보이질 않았다. 거친 숨소리만이 아직도 그가 살아 있음을 일러 주고 있을 뿐이었다. 르두 선장은 그제야 겨우 안도의 숨을 내쉬었다.

"이런 제기랄, 이게 무슨 꼴이람……. 이제 살았네……."

하마터면 노예들에게 사로잡혀, 잡아다가 팔려고 했던 흑인들의 노예가 될 뻔했던 것이다. 하느님의 가호가 있었기에 망정이지, 아닌 게 아니라 정말 큰일 날 뻔했다.

타망고는 피를 너무 많이 흘렸다. 마음씨 착한 통역이 다가와 타망고의 상처에 붕대를 감아 주면서 몇 마디 위로의 말을 건넸다. 어젯밤에 흑인 여섯 명의 생명을 구한 사람도 바로 이 통역이었다. 두 사람이 어떤 이야기를 나누었는지 나로서는 알 수가 없다. 흑인 전사는 마치 시체처럼 미동도 하지 않았다. 중갑판의 노예 창고에 그를 옮겨 놓기 위해서는 힘깨나 쓴다는 선원이 두 명이나 달라붙어야만 했다. 이틀 동안 타망고는 물도 음식도 입에 대질 않았다. 단지 가끔씩 눈을 떠 주위를 두리번거릴 뿐이었다. 이전에는 그의 포로들이었던 다른 흑인 노예들은 타망고가 자신들 가운데 들어와 함께 있는 모습을 보자 모두 어리둥절하다는 표정들이었다. 이들은 자신들을 팔아넘긴 타망고였지만 그에게 욕 한마디 제대로 할 수가 없었다. 타망고는 그렇게 무서운 사람이었다.

대륙풍 덕분에 배는 순조롭게 항해를 계속했고, 예상보다 빨리 아프리카 해안을 벗어날 수 있었다. 영국 순양함대를 걱정할 필요가 없게 된 선장의 머리에는 오직 식민지에서 그를 기다리고 있는 엄청난 액수의 돈만 떠올랐다. 배를 가득 채우고 있는 살아 있는 검은 황금들에게도 전염병 같은 것이 돌지 않았음은 물론이고, 그 밖의 다른 이상도 없었다.*

이상이 있었다면 몸이 허약한 흑인 12명이 더위를 견디지 못하고 죽어 간 것뿐이었다. 이 정도는 흔히 있

---

* 노예무역에서 제일 무서운 것은 감시선들이 아니라 바로 전염병이었다. 특히 안질, 이질, 괴혈병 등이 골칫거리였다. 평균적으로 노예 5명이 배에 타면 1명 정도가 건강한 상태로 목적지에 도착했다.

는 일로, 정말 아무 일도 아니었다. 선장은 이 인간 재산들이 항해 때문에 몸이 상하는 것을 막기 위해 하루에 한 번씩 흑인 노예들을 갑판 위로 불러내 운동을 시켰다. 인원을 셋으로 나누어 교대로 갑판에 올라와 한시간 정도 맑은 공기를 마시고는 다시 내려갔다. 한 시간 정도 들이마신 맑은 공기는 하루를 버틸 수 있는 분량이었다. 선원들 역시 언제 흑인 노예들이 폭동을 일으킬지 몰라 완전무장을 한 채 이들을 감시했고, 갑판 위에 올라와 맑은 공기를 마실 때에도 수갑과 족쇄를 완전히 다 풀어 주지는 않았다. 하지만 어쨌든 휴식은 휴식이었다. 어떤 때에는 바이올린을 켤 줄 아는 선원이 맑은 공기를 마시고 있는 흑인들을 위해 음악을 연주해 주기도 했다. 이럴 때면 참으로 묘한 상황이 벌어지곤 했다. 흑인들은 모두 음악을 연주하는 사람 쪽으로 돌아앉아 뚫어지게 악사를 바라보았고, 잠시 뒤에는 그들의 얼굴에서 절망의 어두운 그림자가 걷히면서 모두들 몸을 묶고 있는 체인이 허락하는 한도 내에서 손뼉을 치고 크게 웃음을 터트리며 흥겨워했다. 건강을 지키는 데에는 운동이 꼭 필요했다. 르두 선장은 이를 위해 흑인들에게 춤을 추게 했다. 이는 마치 긴 항해를 하는 동안 말들을 자극해 발을 구르게 하는 것과 같은 것이었다.

"자, 친구 여러분, 춤을 추세요, 춤을. 마음대로 즐기고 노시라고요!"

르두 선장은 거대한 채찍으로 갑판을 때리며 흑인 노예들에게 춤을 강요했다. 그러면 흑인들은 그 자리에서 뛰어오르며 춤을 추었다.

타망고는 상처 때문에 한동안 갑판에 올라오지 못하고 갑판 승강대까지만 올라와 바람을 쏘이곤 했지만, 마침내 상처가 아물자 그도 갑판에 모습을 드러냈다. 갑판에 올라오면 그는 먼저 겁에 질린 흑인 노예들의 무리 가운데를 머리를 높이 쳐든 채 가로질러 가서 멀리 드넓은 수평선을 슬프고도 조용하게 바라보며 한참 머물러 있다가, 피곤한지 그 자리에 드러눕거나 뱃전에 미끄러지듯이 주저앉아, 쇠사슬이 불편하게 몸을 조여 와도 아랑곳하지 않은 채 한참을 그렇게 있었다.

르두 선장은 고물 부분의 상갑판에 몸을 기댄 채 조용히 파이프 담배의 연기를 휘날리고 있었다. 그럴 때면 으레 선장 곁에는 에쉐가 있었다. 최고급의 모로코산(産) 가죽 샌들을 신고 아름다운 파란색 면 드레스를 걸친 그녀는 족쇄도 수갑도 차지 않았고, 대신 온갖 술들이 즐비하게 들어 있는 쟁반을 들고 있을 뿐이었다. 선장의 잔이 비면 재빨리 술을 따를 준비를 한 채. 그녀가 선장 곁에서 어떤 일을 하는지는 달리 설명이 필요 없었다.

타망고를 증오하고 있던 한 흑인이 이 모습을 그에게 일러 주었다. 고개를 돌린 타망고는 차마 보아서는 안 될 광경을 보고 말았다. 그는 느닷없이 몸을 일으키더니 망을 보던 선원들이 미처 손을 쓸 겨를도 없이 고물 쪽으로 내달렸다. 선장 이외의 사람이 상갑판의 고물 쪽에 가는 것은 선상 반란에 해당하는 금지된 일이었다.

"에쉐! 백인들이 사는 나라에는 마마-좀보[8])가 없는 줄 알아?"

타망고는 고래고래 소리를 질렀고, 타망고의 목소리를 들은 에쉐는 겁에 질려 온몸을 부들부들 떨었다.

선원들이 몽둥이를 들고 달려왔다. 하지만 타망고는 팔짱을 낀 채 잠시 에쉐를 바라보았을 뿐 다시 아무 일도 없었다는 듯이 제자리로 돌아갔다. 그러나 타망고의 입에서 나온 이 끔찍한 심판자의 이름을 들은 에쉐는 눈물을 펑펑 쏟으며 공포에 질려 어쩔 줄을 몰라 했다.

그 이름만 들어도 흑인 여인들이 공포에 떠는 마마-좀보가 누구인지를 통역이 설명해 주었다.

"마마-좀보는 흑인들이 믿는 일종의 도깨비입니다. 남편이 부인의 소행을 의심하게 되면 남편은 마마-좀보라는 이름을 들먹이며 부인에게 겁을 줍니다. 나는 직접 마마-좀보를 눈으로 봤어요. 마마-좀보란 일종의 속임수에 지나지 않는 연극 같은 것입니다. 하지만 순진한 흑인들에게는 이해할 수 없는 공포의 대상이죠……. 한번 상상해 보세요. 어느 날 밤, 여인들이 모여서 춤을 추며 놀고 있었습니다. 그들이 폴가라고 부르는 춤을 추면서 말입니다. 그런데 문득 나무가 우거진 인근의 어두운 숲 속에서 이상한 음악 소리가 들리는 것입니다. 아무리 둘러봐도 누가 음악을 연주하는지 알 수가 없습니다. 갈대로 만든 피리 소리도 들리고, 나무 북 소리도 들리고, 또 호리병박을 반으로 잘라 만든 기타 소리도 들립니다. 음악 소리는 마치 귀신을 불러내는 소리처럼 음산하고 기분 나쁜 소리죠. 일찍이 이런 음악을 들어 본 적이 없는 여인들은 무서워서 몸을 떨기 시작합니다. 도망가려고 하지만 남편들이 여인들을 붙잡고 놓아주질 않아요. 도망했다간 그 자리에서 맞아 죽는 거죠. 이때 갑자기 숲 속에서 키는 사각 돛을 다는 보조 돛대만큼이나 되고 머리는 10리터짜리 통만큼이나 큰 하얀 얼굴을 한 귀신이 불쑥 나타납니다. 눈은 또 어찌나 큰지 닻을 올리는 구멍만 하고, 쩍 벌린 입 속은 시뻘건 색이 칠해져 있어서 마치 불을 내뿜는 것만 같지요. 이런 모습을 한 귀신이 천천히, 아주 천천히 걸어옵니다. 귀신이 나오는 숲은 보통 마을에서 약 100미터 정도 떨어져 있죠. 참다못한 여인들이 고함을 칩니다. '마마-좀보다, 마마-좀보!' 하고 말입니다. 마치 프랑스의 생선가게 아줌마들처럼 말입니다. 그러면 남편들이 나서서 부인들에게 말을 합니다.

'자, 요 망할 놈의 마누라들아, 말해 봐. 솔직히 다 털어놓으란 말이야. 만일 조금이라도 거짓말을 하면 저기 서 계신 마마-좀보가 당신들을 산 채로 집어 삼킬 거야……'

여인들 가운데 순진한 사람들은 고백을 하고 마는 경우도 있어요. 그러면 남편은 이런 아내를 곤죽이 되도록 실컷 두들겨 팹니다."

선장이 물었다.

"그러면 그 하얀 얼굴을 한 마마-좀보라고 하는 것은 대체 무엇인가?"

"그거야 물론 흰 옷감을 뒤집어쓴 남자죠. 머리는 속을 비운 호박을 긴 막대 끝에다 매달아 그 안에다 촛불을 넣어 빛을 내도록 만든 것입니다. 악마가 아니에요. 흑인들은 너무나도 순진해서 정말 속이기가 식은 죽 먹기예요. 어쨌든 마마-좀보는 지어낸 이야기인데, 하지만 나라도 우리 마누라가 이 마마-좀보를 믿었으면 좋겠습니다."

르두 선장이 통역의 말을 받아 한마디 했다.

"내 마누라는 마마-좀보 같은 것을 무서워하지는 않지만 몽둥이는 무서워하지. 만일 나를 속였다가는 어떻게 되는지 잘 알고 있거든. 비록 내게 손이 하나밖에 없지만 이 밧줄로 만든 채찍을 내가 얼마나 잘 다루는지는 마누라가 더 잘 알고 있지. 그리고 마마-좀보 이야기를 한 저기 누워 있는 저 새까만 친구한테 가서 일러주게. 다시 한 번만 더 마마-좀보 이야기를 꺼내면 그때는 엉덩이가 시뻘겋게 달아오를 때까지 볼기를 치겠다고 말이야."

이 말을 하고 선장은 선장실로 내려가서 에쉐를 불러 위로해 주었다. 하지만 아무리 달래고 또 홧김에 몇 대 때리기까지 했는데도 에쉐라는 이름의 이 아리따운 흑인 여인은 공포에서 벗어날 줄을 몰랐다. 계속해서 울기만 했다. 화가 난 선장은 선실 문을 박차고 갑판으로 올라가 이등 갑판장에게 지시한 명령을 제대로 이행하지 않았다고 공연히 신경질을 냈다.

거의 모든 선원이 깊은 잠에 곯아떨어진 밤이 되었다. 보초를 서는 선원들의 귀에 문득 이상한 소리가 들렸다. 그 소리는 처음에는 음산할 정도로 은은하고 장중하기까지 했다. 잘 들어 보니 중갑판에서 나는 소리였다. 가까이 귀를 대니 그 소리는 여인이 흐느끼는 날카로운 소리였다. 그러다가 소리가 바뀌더니 르두의 목소리가 들려왔다. 욕설을 퍼부으면서 위협을 하는 소리였다. 그 끔찍한 채찍 소리도 들려왔다. 그 소리가 어찌나 큰지 배 안에 온통 울려 퍼질 정도였다. 잠시 후 모든 것이 다시 고요 속에 잠겼다. 다음 날 아침 타망고는 예전의 모습 그대로 초췌한 얼굴로 갑판에 올라왔다. 눈매는 여전히 고고했지만 얼굴에는 뭔가 결심을 한 표정이 역력했다.

에쉐는 타망고를 보자마자 선장과 함께 있던 고물 쪽 갑판에서 느닷없이 타망고를 향해 달려가서는 그 앞에 무릎을 꿇고 엎드려 절망적인 목소리로 애원했다.

"타망고, 용서해 주세요. 부디 나를 용서해 주세요……."

타망고는 잠시 동안 그녀를 바라다보았고 통역이 곁에 없다는 것을 알고 입을 열었다.

"줄칼이 필요해, 줄칼이!"

그러고는 등을 돌린 채 갑판에 누워 버렸다. 선장은 흑인 여자를 호되게 나무라면서 심지어 따귀까지 몇 대 올려 부쳤고, 앞으로는 전 남편에게 절대로 말을 걸지 말라고 엄포를 놓았다. 하지만 선장은 두 사람이 그 짧은 순간 말을 나누었다고는 생각할 수 없었고, 그래서 무슨 이야기를 주고받았는지는 묻지 않았다.

그러는 사이 타망고는 함께 팔려 가는 신세인 다른 흑인들에게 백인은 몇 명 되지 않는다고 하면서 자유를 되찾고자 밤낮으로 유혹하기도 하고, 그러기 위해선 힘을 내야 한다고 하면서 설득하기도 했다. 특히 보초병들이 날이 갈수록 태만해진다는 것을 지적했다. 믿을 만한 이야기는 아니었지만 그는 모두를 데리고 고향으로 돌아갈 것이고, 자신은 심령술을 알고 있다고 자랑하기도 했으며, 자신이 하는 일을 돕지 않는 이들에게는 악마의 복수가 있을 것이라고 겁을 주기도 했다. 흑인들은 모두 미신에 물든 사람들이었다. 타망고는 이런 긴 회유와 협박을 모두 사투리로 말했기 때문에 같은 흑인들은 다 이해했지만 통역은 그가 무슨 말을 하는지 알아들을 수가 없었다. 웅변가로 변신한 타망고의 옛 명성과 그를 두려워하고 따르던 옛 습관을 버리지 못한 흑인들은 갈수록 그의 말에 힘을 실어 주었고, 마침내 흑인들은 하루바삐 거사 일을 정하라며 아직 구체적인 계획도 세우지 못한 타망고를 재촉하고 나서게 되었다. 그는 반란에 가담하기로 한 흑인들을 달래면서 아직 때가 되지 않았고, 여러분들은 그때를 위해 준비를 게을리 해서는 안 된다고 덧붙이면서, 악마가 꿈속에 나타나 지시를 내릴 때까지 기다려야 한다고 했다. 그러면서 타망고는 기회를 놓치지 않고 보초를 서는 선원들의 동태를 시험해 보았다. 한번은 선원 하나가 총을 뱃전에 기대어 놓은 채 배를 따라오는 날치 떼를 구경하고 있었다. 타망고는 슬며시 다가가 총을 집어 들고는 백인들이 연습할 때처럼 큰 동작으로 총을 다루어 보았다. 놀란 백인 선원은 얼른 다시 총을 빼앗아 갔지만 어쨌든 타망고는 자신이 총을 집어도 그 행동이 별로 의심을 일으키거나 하지 않는다는 것을 알게 되었다. 타망고는 속으로 다짐했다. 백인들에게서 총을 빼앗는 날이 올 것이고, 그날이 오면 이 경험을 소중하게 써먹을 것이라고.

어느 날 에쉐는 타망고에게 비스킷을 건네주면서 타망고만이 알아보는 신호를 보냈다. 비스킷 안에는 작은 줄칼이 들어 있었고, 음모의 성패는 바로 이 작은 도구에 달려 있었다. 타망고는 처음에는 이 줄칼을 아무에게도 보여 주지 않으며 조심했다. 하지만 어둠이 내리자 그는 뭔가 알아들을 수 없는 우물우물하는 소리를 이상한 몸짓을 섞어 가며 읊조리기 시작했다. 시간이 갈수록 그의 읊조리는 목소리는 점점 고함 소리에 가까워져 갔다. 고음과 저음이 이상하게 뒤섞인 그의 목소리를 들은 사람들은 그가 보이지 않는 어떤 혼령과 대화를 하고 있다는 느낌을 받을 수도 있었다. 흑인들은 모두 몸을 부들부들 떨었고, 그들 가운데 악귀가 내려왔다는 것을 의심하는 사람은 한 사람도 없었다. 타망고는 흥에 겨운 목소리로 이 긴 연극을 끝내면서 입을 열었다.

"동지 여러분, 내 기원을 받아들인 혼령께서 마침내 내게 약속하신 것을 허락하셨습니다. 내 이 손 안에 우리를 구원할 작은 도구가 들어 있습니다. 이제 동지들은 조금만 더 힘을 내면 됩니다."

타망고는 줄칼을 옆에 있는 사람들의 몸에 갖다 댔다. 이런 경우 물건이 아무리 보잘것없다고 해도 물건보다 더 보잘것없는 사람들에게는 위력을 나타내게 마련이다.

긴 기다림 끝에 마침내 복수와 자유의 날이 찾아왔다. 반란자들은 진지하게 토의하면서 계획을 짰고, 함께 죽고 함께 살기로 맹세했다. 타망고가 제일 먼저 올라가고, 이어 가장 결단력이 있는 자들이 그의 뒤를 따라 갑판에 올라가 무기를 탈취하기로 했다. 다른 몇 사람은 선장실로 가 그곳에 있는 무기를 빼앗기로 했다. 모두 쇠줄과 수갑 등을 끊기까지 기다려야 했다. 하지만 며칠 밤을 새워 가며 끈질기게 줄질을 해 댔지만 대부분의 노예들을 묶고 있던 쇠사슬과 수갑은 여전히 그대로였다. 어쩔 수 없이 먼저 자유의 몸이 된 건장한 흑인 세 사람이 열쇠를 갖고 있는 백인을 죽이고 열쇠를 빼앗아 오기로 방향을 바꾸었다.

르두 선장은 그날따라 기분이 무척 좋았다. 그래서 평소와는 달리 채찍질을 당해야 했던 견습 선원을 용서해 주기까지 했다. 당직 사관에게는 칭찬을 아끼지 않았고, 또 곧 마리티니크[9]에 도착하게 되면 모두에게 적절한 상을 줄 것이라고 일러 주기도 했다. 이 말을 듣자 모든 선원들은 도착하면 무엇부터 먼저 하겠다는 이야기를 주고받으며 즐거운 생각에 잠겨 한창 꿈들을 꾸고 있었다. 바로 이때를 노려 타망고를 선두로 흑인 노예들이 갑판으로 올라왔다.

하지만 얼른 보기에는 잘라진 것처럼 보이지 않게 하려고 모두들 수갑과 몸을 묶던 다른 쇠붙이들을 완전히 자르지 않고 조금만 힘을 주면 곧 끊어질 수 있게 끝부분을 조금씩 남겨 두었다. 게다가 갑판에 부딪치는 이 금이 간 쇠붙이들은 이전보다 더 큰 소리를 내며 울려서 누구도 전혀 의심을 할 수가 없었다. 타망고는 잠시 분위기를 살폈다. 그의 신호가 떨어지자 모두들 손을 맞잡고 둥글게 원을 그렸고, 이전에 전투에 나가기 전에 부르던 타망고의 노래가 울려 퍼지자 노랫소리에 맞추어 모두들 춤을 추기 시작했다. 잠시 춤이 계속되었고, 피곤에 지친 듯한 표정을 지으며 타망고는 지루한 듯 뱃전에 기대어 있는 한 선원 곁으로 다가가 두 발을 쭉 뻗은 채 바닥에 등을 대고 드러누웠다. 갑판에 올라온 모든 흑인 노예들이 타망고를 따라 여기저기 드러누웠다. 그러다 보니 여러 명의 흑인 노예들이 선원 하나하나를 에워싸는 상황이 되고 말았다.

금이 간 쇠붙이들을 소리 나지 않게 끊어 버린 타망고가 느닷없이 고함을 치며 두 발로 곁에 있던 선원의 배를 걷어차며 총을 빼앗았다. 이내 총구에서는 불이 뿜어져 나왔고, 거의 동시에 모든 선원들이 이런 식으로 죽었고, 갑판 여기저기서 흑인들의 전투가가 울려 퍼졌다. 수갑 열쇠를 갖고 있던 갑판장은 가장 먼저 죽었고, 쇠사슬에서 풀려난 흑인 노예들이 우르르 갑판으로 몰려 올라왔다. 무기를 구하지 못한 흑인 노예들은 닻을 감아 올리는 기계에서 각목을 뜯어내거나 구명정의 노들을 대신 집어 들었다. 백인은 이렇게 흑인에게 정복당하고 말았다. 몇몇 선원들은 고물 부분에서 계속 저항하고 있었지만 무기도 없었을뿐더러 잔뜩 겁을 집어먹은 상태였다. 오직 르두 선장만이 용기를 잃지 않고 버티고 있었다. 이 모든 음모와 반란이 타망고의 짓임을 눈치 챈 선장은 타망고만 죽이면 나머지 흑인들은 저절로 무릎을 꿇는다는 것을 알고 있었다. 그래서 선장은 칼을 빼든 채 소리를 지르며 타망고를 향해 달려들었다. 타망고 역시 선장을 향해 덤벼들었다. 그는 총구 쪽을 잡고 총을 몽둥이처럼 휘둘러 댔다. 두 우두머리는 상갑판의 앞과 뒤를 이어주는 좁은 다리 위에서 서로 마주쳤다. 타망고가 먼저 공격을 했다. 선장은 슬쩍 몸을 젖혀 피했다. 갑판에 부딪친 개머리판은 우지끈 소리를 내며 두 동강이 났고, 그 순간을 이용해 선장이 반격을 가하자 타망고는 쥐고 있던 총열을 놓치고 말았다. 타망고는 이제 빈손이었고, 선장은 악마 같은 미소를 지으며 타망고를 향해 온 힘을 다해 칼을 찔렀다. 하지만 타망고는 표범처럼 날쌘 전사였다. 슬쩍 몸을 피한 타망고는 선장을 끌어안으면서 칼을 쥐고 있던 손을 낚아챘다. 선장은 칼을 놓치지 않으려고 안간힘을 썼고, 타망고는 칼을 떨어뜨리려고 이를 악물었다. 그러다가 두 사람은 서로 얽힌 채 그대로 바닥에 나가떨어졌는데 아무래도 선장이 한 수 위였다. 하지만 기가 꺾이지 않은 타망고는 있는 힘을 다해 선장의 목젖을 물었고, 그의 입에서는 마치 사냥감을 물어뜯은 사자의 입에서처럼 붉은 피가 튀겼다. 힘이 빠진 손에서 칼이 흘러내렸다. 타망고는 칼을 주워 들었고, 피가 흘러내리는 입으로 허공을 향해 승리의 괴성을 지르며 이미 거의 죽어 가고 있는 선장의 몸을 두 번 세 번 연거푸 찔렀다.

승리는 이제 의심할 여지가 없었다. 겨우 살아남은 선원 몇몇은 제발 목숨만 살려 달라고 애원하고 있었다. 하지만 노예들은 인정사정없이 모두 죽였다. 심지어 흑인 노예들에게 아무런 잘못도 하지 않았던 통역

마저 무참히 살해당하고 말았다. 부함장은 장렬하게 싸우다 죽었다. 배 뒤쪽, 회전식인 작은 포대에 설치된 기관총을 붙들고 있던 그는 한 손으로는 칼을 높이 쳐든 채 구름같이 몰려드는 흑인 노예들을 향해 총을 난사했고, 시체와 부상병들이 산더미처럼 쌓인 끝에 기어이 칼에 찔려 넘어졌다. 이어 그는 온몸이 갈가리 찢긴 채 죽어 갔다.

마지막으로 남은 백인을 죽여 난자당한 시체를 바다에 던져 버린 흑인 노예들은 그때서야 모두 눈을 들어 하늘을 쳐다보았다. 활짝 펼쳐진 세 돛은 불어오는 바람을 맞아 잔뜩 부풀어 올라 있었다. 하지만 바람은 흑인 노예들을 지배했던 백인들 편인 것 같았다. 배는 여전히 노예들의 섬을 향해 달려가고 있었던 것이다. 흑인 노예들은 불안한 표정을 감추지 못하며 생각했다.

"이제 어떻게 해야 되나……. 백인들을 저렇게 무참히 죽였으니 그들을 보호해 주던 이 배의 신께서 우리를 고향으로 돌아가게 해 주시지는 않을 것이고……."[10)]

흑인들 중 몇몇이 타망고라면 이 배를 굴복시킬 수 있을 것이라고 말했다. 그러자 사람들은 곧 타망고를 큰 소리로 불렀다.

그러나 타망고는 별로 나서고 싶지가 않았다. 그는 고물에 있는 선장실에 있었다. 한 손으로는 아직도 피가 묻어 있는 선장에게서 빼앗은 칼로 바닥을 짚고 다른 한 손은 무릎을 꿇은 에쉐가 퍼붓는 입맞춤에 맡긴 채, 근엄하지만 어딘지 어두운 표정을 지으며 서 있었다. 승리를 거두었다는 기쁨도 잠시, 그의 표정에서는 불안의 빛이 역력했다. 다른 흑인들보다는 그래도 조금 더 깬 흑인이었던 타망고는 자신의 위치가 얼마나 어려운 위치인지를 잘 알고 있었다.

마음속으로는 전혀 그렇지 않았지만 평온한 표정을 지으며 그는 마침내 갑판에 모습을 나타냈다. 배를 고향으로 돌리라는 함성을 들으며 타망고는 마치 한순간이라도 자신을 포함한 모든 사람들의 운명을 결정하는 시간을 늦추어 보려는 듯이 천천히 키를 향해 발걸음을 옮겼다.

흑인들이 아무리 어리석다고 해도 둥근 바퀴나 정면에 보이는 상자 같은 것들이 움직여서 배가 앞으로 나아가고 있다는 것을 모르지는 않았다. 하지만 이런 기계적인 작동을 알 리가 없는 그들로서는 배가 간다는 것이 신비하기만 했다. 타망고는 나침반을 흔들어 바늘을 움직이게 하면서 오랫동안 살펴보았다. 마치 판에 적혀 있는 글씨를 해독해 내려는 것만 같았다. 잠시 후 그는 한 손을 이마에 갖다대고 머릿속에서 뭔가 복잡한 계산을 하는 사람처럼 생각에 잠겼다. 모든 흑인들이 그의 주위에 몰려들었고, 입을 벌린 채 두 눈을 동그랗게들 뜨고 우두머리의 일거수일투족을 유심히 바라보았다. 모든 것이 무지에서 나온 것이지만 그들은 걱정을 하면서도 우두머리에 대한 믿음을 저버리지 않았다. 얼마나 시간이 흘렀을까, 마침내 타망고는 자신을 바라보는 사람들의 걱정과 믿음을 의식하면서 커다란 둥근 키를 온 힘을 다해 세게 돌렸다.

노예선 '희망호'는 이 갑작스러운 주인의 명령에 거센 파도를 일으키며 기우뚱거렸다. 마치 온순한 말이 느닷없이 옆구리를 찔러 오는 박차에 찔려 앞발을 들고 공중으로 솟구쳐 오르는 것만 같았다. 배는 무지한 선장과 함께 물속에 가라앉을 결심을 한 것처럼 보였다. 배가 전진하던 방향과 키의 방향이 갑자기 틀어진 것이고, 배는 갑작스럽게 방향을 바꾸어야 했고, 자연히 금방이라도 물속으로 가라앉을 것처럼만 보였던 것이다. 키 앞에 놓여 있는 돛대를 고정시키는 가로목이 바다 속에 잠겼다 나왔다 했다. 여러 사람들이 이 충격에 나뒹굴었고, 어떤 사람들은 뱃전에 부딪쳐 넘어지기도 했다. 그러다가 배는 다시 파도를 뚫고 올라와 한번 겨뤄 보자는 듯이 앞으로 내달았다. 방향이 어긋난 바람은 평소보다 두 배나 큰 힘으로 배를 후려쳤고, 그 바람에 배는 다시 한쪽으로 쏠리더니 이번에는 기어이 돛대 두 개를 부러뜨리고 말았다. 부서진 돛대는 얽힌 돛 줄들과 함께 갑판 위로 떨어졌고, 고물은 복잡하게 얽힌 줄과 나무조각들로 뒤덮였다.

겁에 질린 흑인들은 비명을 지르며 환풍 구멍을 통해 달아나려고 야단법석이었다. 하지만 바람이 잠잠해

지자 배는 다시 몸을 세웠고 몰려오는 파도에 몸을 실은 채 순순히 물결을 따라갔다. 그러자 용감한 흑인들이 다시 올라와 밧줄과 부서진 나무 조각들을 들어 올렸다. 타망고는 나침반 상자에 기댄 한쪽 팔에 얼굴을 묻은 채 그 자리에 못 박힌 듯이 서 있었다. 곁에 있던 에쉐도 그에게 아무 말도 걸 수가 없었다. 흑인들이 한 사람 한 사람 타망고 곁으로 다가왔고, 이렇게 몰려든 사람들 사이에서는 웅성거리는 소리가 흘러나왔다. 마침내 이 소리는 분노의 함성이 되었고 모두들 타망고를 향해 외쳤다.

"이 사기꾼, 배반자! 이 모든 것은 다 너 때문이야. 백인들에게 우리를 팔아 치운 것도 너였고, 백인들을 죽여 없애자고 한 사람도 너였어. 다 안다고 한 사람도 너였고, 우리를 고향으로 데려다주겠다고 약속한 사람도 너였어. 그런 너를 믿다니, 우리가 바보였지! 자, 백인들의 배를 보호하는 신을 성나게 해서 이제 우리는 이렇게 죽게 될 거야!"

타망고는 결연한 태도로 머리를 들었고, 그 기세에

흑인들은 움찔하며 뒤로 물러났다. 타망고는 바닥에 떨어져 있는 총 두 정을 집어 들더니 에쉐의 손을 잡고 앞으로 걸어 나갔다. 흑인들이 양쪽으로 비켜서며 길을 내주었다. 타망고는 이물 쪽으로 가 주위에 흩어져 있는 통나무 통과 판자들을 모아 엄호벽을 쌓고 그 뒤에 앉아 가지고 간 총 두 정을 올려놓았다. 흑인들은 그가 하는 대로 가만히 놔두었다. 어떤 이들은 하늘을 향해 두 팔을 벌린 채 뭔가를 중얼거렸고, 또 어떤 이들은 백인들의 배를 보호해 주는 신들에게 빌기도 했다. 어떤 이들은 하염없이 울기만 했고, 또 어떤 이들은 제발 고향으로 돌아가게 해 달라고 갑판을 치며 한탄하다가 그만 지쳐 갑판에 누워 잠이 들기도 했다. 독자 여러분들은 이 혼란의 와중에서 힘없는 여인들과 어린아이들의 울부짖는 소리를 쉽게 상상할 수 있을 것이고, 무엇보다 20여 명에 이르는 부상자들이 신음 소리를 내며 살려 달라고 외치는 저 처절한 외침을 들을 수 있을 것이다.

그러던 중 느닷없이 한 흑인이 뱃전에 올라가 외쳤

다. 얼굴에는 이상한 기쁨이 감돌았다. 그는 이제 막 백인들이 위스키를 숨겨 놓았던 장소를 발견했던 것이다. 기쁨에 들뜬 자신에 찬 목소리로 보아 이미 몇 모금 마신 것이 확실했다. 이 소식이 전해지자 비탄에 빠져 있던 흑인들은 환호성을 질렀다. 모두들 일어나 식당의 술 창고로 달려갔고 독주를 한껏 마셨다. 한 시간 정도 지났을까, 모두들 갑판 위를 경중경중 뛰며 술이 시키는 대로 기상천외한 몸짓들을 해 가며 춤을 추고 노래들을 불렀다. 이들의 노랫소리와 갑판을 울리는 소리 속에는 부상을 당해 피를 흘리며 죽어 가는 이들의 신음 소리가 간간이 섞여 있었다. 그날 하루와 밤은 이렇게 혼란 속에서 지나갔다.

다시 아침이 왔고 모두들 잠에서 깨어나자 다시 절망의 하루가 시작되었다. 밤사이에 많은 부상자들이 저세상으로 떠났다. 노예선은 이제 시체 운반선이 되어 있었다. 파도는 심상치 않았고 하늘도 점점 어두워져 갔다. 회의가 소집되었다. 이전 같으면 아무리 마술에 일가견이 있다던 자들도 타망고 앞에서는 감히 함부로 입을 열지 못했지만, 이번에는 돌아가며 각자의 실력들을 발휘했다. 걸쭉한 굿판이 이렇게 해서 여러 판 벌어졌다. 하지만 아무 소용도 없자 절망은 더욱더 커졌다. 그러던 중 다시 엄호 속에 처박혀 있는 타망고의 이름이 사람들 입에 오르내렸다. 어쨌든 그들 중에서 가장 강력한 사람은 타망고였고, 비록 자신들을 궁지에 몰아넣은 자이긴 했지만 지금 그들을 구원해 줄 사람은 타망고밖에는 없었다. 한 늙은 흑인이 화해의 밀사로 파견되었다. 그의 의견을 듣고 싶다는 제의에 타망고는 로마 장군 코리올라누스[11]처럼 요지부동이었다. 밤이 되자 그는 어디선가 비스킷과 소금에 절인 고기를 구해 왔다. 그는 혼자 견디기로 작정한 사람처럼 보였다.

위스키는 아직도 많이 남았고, 오직 이 술만이 바다와 이 감금 상태와 서서히 다가오고 있던 죽음의 공포를 잊게 해 주었다. 잠을 자면서도 사람들은 아프리카를 꿈꾸었다. 눈을 감으면 울창하고 짙푸른 열대 아카시아 나무숲이 보였고, 짚을 덮은 아담한 오두막과 온 마을을 시원한 그늘로 가려 주던 거대한 바오밥나무들이 눈앞에 선했다. 전날 밤의 무질서한 술잔치가 다시 벌어졌다. 이런 식으로 며칠이 지나갔다. 소리치고 울고 머리를 쥐어뜯고 또 그러다가 한껏 술에 취한 채 지쳐 쓰러져서 잠을 자는 것이 그들의 생활이었다. 너무 술을 많이 마신 탓에 죽은 사람도 몇 사람 생겨났다. 바다에 몸을 던지거나 칼로 제 몸을 찔러 목숨을 끊는 이들도 나왔다.

어느 날 아침, 타망고는 마침내 자신의 요새에서 나와 중앙의 대(大)돛대가 있는 곳까지 가 멈추어 섰다. 그리고 천천히 입을 열었다.

"노예들이여, 내 말을 들으라. 어젯밤 신령께서 내 꿈속에 나타나 그대들을 이곳에서 구원해 고향으로 데리고 갈 길을 일러 주셨다. 그대들이 내게 한 배은망덕한 짓을 생각하면 그냥 버리고도 싶지만 저 여인들과 어린아이들을 가엾이 여겨 용서하겠노라. 내 말을 잘 들어라." 사람들은 모두 고개를 주억거리며 타망고 주위로 몰려들었다. 타망고가 다시 입을 열었다. "오직 백인들만이 그들의 배를 움직일 수 있는 강력한 말을 갖고 있다. 그들이 말을 해야만 이 배는 움직이는 것이다. 하지만 저기 보이는 우리들의 배와 닮은 작은 배들은 우리도 움직일 수 있다."

타망고의 손은 대형 구명정과 그밖의 작은 구명보트들을 가리키고 있었다.

"자, 저 배들에 먹을 것을 싣고 떠나자. 바람이 부는 방향으로 돛을 고정시키고 떠나면 나와 여러분들의 신령들이 우리를 도와 고향으로 바람을 불어 주실 것이다."

사람들은 모두 타망고의 말을 믿었다. 하지만 이보다 더 터무니없는 계획은 없었다. 나침반을 사용할 줄 몰랐던 이들 흑인 노예들은 미지의 바다에 내던져진 채 끝도 없이 파도에 밀려갈 것이다. 타망고는 계속해서 앞으로만 가면 언젠가 흑인들이 사는 땅이 나올 것이라고 생각했다. 타망고는 흑인들은 땅에 살고 백인들은 배에 사는 것으로 알고 있었다. 어머니가 들려준 이야기였다.[12]

이렇게 해서 배를 내릴 준비를 서둘렀다. 하지만 오직 작은 보트가 한 척 딸린 규모가 큰 구명정만이 사용할 수 있는 상태였고 나머지는 사용할 수 없을 정도로 망가져 있었다. 살아남은 흑인 80여 명이 다 타기에는 구명정 한 척만으로는 어림도 없었다. 환자와 부상자들은 내버리고 가는 수밖에 없었다. 배에 남게 된 이들은 대부분 헤어지기 전에 자신들을 죽여 달라고 부탁했다.

이렇게 해서 구명정과 작은 보트 두 대만이 갖은 우여곡절을 겪은 끝에 찰랑거리는 물결을 헤치고 떠나게 되었다. 지나치게 많은 짐을 싣고 떠난 배들은 언제 물속으로 가라앉을지 모를 정도로 위태로워 보였다. 작은 보트가 먼저 출발했다. 타망고와 에쉐가 탄 구명정은 바로 뒤를 이어 출발했지만 지나치게 많은 짐을 실은 탓에 훨씬 뒤에 처졌다. 배에 남겨진 사람들의 원성 소리가 아직도 들려왔다. 이때였다. 출렁거리던 파도가 뱃전을 때리더니 구명정 안으로 넘쳐 들어왔고, 이 바람에 배는 한쪽으로 기우뚱거렸다. 출발한 지 채 1분도 안 되어 배는 그만 물속으로 가라앉고 말았다. 작은 보트에 탄 사람들은 물에 빠진 사람들이 자신들이 탄 배에 몰려올지도 모른다는 생각에 미친 듯이 노를 저어 멀리 달아났다. 구명정에 탔던 거의 모든 사람들이 물에 빠져 죽었고, 단지 10여 명만이 헤엄을 쳐 겨우 배로 돌아왔을 뿐이다. 이들 중에는 타망고와 에쉐도 들어 있었다. 해가 지자 더 이상 작은 보트는 보이지 않게 되었고, 그들이 이후 어떻게 되었는지 남은 사람들은 알 수가 없었다.

여기서 굶주림에 지친 이 사람들이 저지른 구역질 나는 이야기를 해서 독자들을 괴롭힐 필요는 없을 것이다.[13] 배 위에 올라탄 20명은 폭풍우 치는 바다와 싸우기도 하고 때론 뜨거운 태양과 싸우기도 하며 파도에 휩쓸려갔지만 갈수록 모자라는 식량 때문에 싸우지 않을 수가 없었다. 비스킷 한 조각을 입에 넣기 위해 싸움을 해야만 했고 힘이 없는 자는 죽을 수밖에 없었다. 힘 있는 자가 약한 자를 직접 죽인 것이 아니라 굶어 죽도록 내버려 두었던 것이다. 며칠이 지나자 '희망호' 안에는 에쉐와 타망고를 빼고는 더 이상 살아남은 사람이 없었다.

유난히도 바람이 세게 불고 파도가 높이 치던 어느 날 밤이었다. 칠흑 같은 어둠 때문에 고물에서 이물도 보이지 않던 밤, 에쉐는 선장실의 이부자리 위에 누워 있었고 타망고는 그 곁에 웅크리고 앉아 있었다. 두 사람은 오랫동안 아무 말 없이 그렇게 있었다. 마침내 에쉐가 입을 열었다.

"타망고, 나 때문에 괴로워하고 있지……. 타망고, 나 때문에……."

"아니야, 나는 괴롭지 않아……."

타망고는 화가 난 목소리로 소리를 질렀고, 자신이 가지고 있던 비스킷 반 조각을 에쉐에게 던져 주었다. 하지만 에쉐는 비스킷을 살며시 타망고에게 밀어 주면서 말했다.

"갖고 있어요, 나는 배가 고프지 않아요. 게다가 때가 온 것 같으니 더 이상 먹을 필요가 없어요."

타망고는 아무 말 없이 일어나 몸을 비틀거리며 갑

판으로 올라가 부러진 돛대 밑에 앉았다. 머리를 가슴
에 묻은 채 그는 옛날 집에서 부르던 노래를 웅얼거렸
다. 그때 갑자기 바람과 파도 소리를 뚫고 전혀 낯선 커
다란 소리가 들려왔고, 소리를 듣는 순간 동시에 불빛
이 비쳤다. 타망고의 귀에는 다른 소리도 들려왔다. 거
대한 검은 배가 다가오고 있었던 것이다. 이 배는 너무
나 가까이 다가와 있어서 타망고는 그 배의 활대가 스
쳐 지나갈 때 얼른 머리를 숙이지 않았다면 그 자리에
서 즉사할 뻔했다. 타망고는 마스트에 걸린 램프 불에
비친 두 사람의 얼굴을 잠시 볼 수 있었을 뿐이다. 아마
도 이 초병들은 난파선을 보았을 것이다. 그러나 두 사
람이 소리를 쳤지만 거센 바람 탓에 도저히 배를 돌려
놓을 수는 없었다. 잠시 후 타망고의 눈에는 대포에서
뿜어져 나오는 불빛이 들어왔고, 이어 뭔가가 폭발하는
폭음 소리가 들렸다. 이어 다시 한번 대포 소리가 들렸
다. 그 뒤로는 모든 것이 다시 조용해졌다. 타망고는 다
시 선장실로 내려와 자리에 누워 눈을 감았다. 그날 밤
아내 에쉐는 숨을 거두었다.

얼마나 많은 시간이 흘렀는지 나로서는 알 길이 없다. 어쨌든 그 후 주변을 지나던 한 영국 프리키드 함인 '벨론'호가 유령선 같은 이 난파선을 발견했다고 한다. 보트를 타고 난파선에 닿은 이들이 전하는 말에 따르면, 당시 배에는 죽은 지 꽤 되는 한 흑인 여인과 피골이 상접한 나머지 미라처럼 보였던 타망고 두 사람이 있었다고 한다. 타망고는 거의 의식불명 상태였지만 아직 숨은 끊어지지 않았다. 의사가 그를 치료해 주었고, 벨론호가 킹스턴 항[14]에 입항할 때쯤에는 거의 완쾌된 상태였다.

사람들은 그에게 자초지종을 물었고, 타망고는 겪은 일들을 그대로 다 이야기했다. 섬의 대농장주들인 이들은 반란을 일으킨 흑인 노예는 교수형에 처하는 것이 마땅하다고 주장했다. 하지만 당시 지역을 관할하고 있던 정이 많던 총독은 타망고에게 관심을 보이며 그의 행동을 일종의 정당방위로 인정해 주었다. 왜냐하면 그는 실제로 자신을 보호할 수밖에 없는 입장에 있었고, 또 그가 죽인 백인들도 프랑스 인들일 뿐 영국인들이 아니었기 때문이다.

그래서 사람들은 타망고를 노예선에서 빼앗은 다른 노예들과 마찬가지로 다루기로 했다. 즉 다시 말해 타망고를 자유의 몸으로 풀어주기로 한 것이다. 그래서 타망고는 영국 정부에서 일을 하게 되었다. 하지만 식사를 제공했지만 일당은 겨우 6실링에 불과했다. 타망고는 얼굴이나 몸매가 준수한 흑인이었다. 75대대장은 그를 눈여겨보아 두었고, 마침내 자기 대대의 심벌즈 연주자로 타망고를 데려갔다. 타망고는 영어를 몇 마디 배웠다. 하지만 거의 입을 열지 않고 살았다. 반면 술은 엄청나게 마셨다. 특히 럼주와 타피아 주[15]를 많이 좋아했다. 그래서인지 타망고는 병원에 실려가 가슴에서 불이 난다고 하면서 숨을 거두었다.

(1829년)

La Vénus d'ille

일르의 비너스

해는 이미 기울었지만, 카니구 산의 마지막 등성이를
내려서자 내 행선지인 일르 마을의 집들을 평원 속에
서 알아볼 수가 있었다.

어제 저녁부터 내 길 안내를 맡고 있는 카탈루냐 사
람에게 물었다. "페레오라드 씨가 어디 살고 계신지 잘
알고 있겠지?"

"알고말고요! 그 양반 집은 우리 집만큼이나 잘 알
고 있습죠. 날씨만 조금 덜 어두웠어도 지금이라도 당
장 어딘지 일러 드릴 수 있을 텐데. 일르에서 제일 아름
다운 집이니까요. 그럼요. 페레오라드, 그 양반 돈이 많
은 사람이거든요. 게다가 아들을 자기보다 더 돈이 많

은 사람에게 장가를 보낸다네요."

"그럼 곧 결혼식을 하겠군?"

"예, 곧 할 겁니다. 어쩌면 결혼식 날을 위해 벌써 악단을 불렀을지도 몰라요. 내일, 모레, 아니면 그다음 날쯤 할 걸요. 한다면 퓌가리그에서 할 거예요. 왜인고 하니, 도련님이 장가를 드는 여자가 퓌가리그 양이거든요. 거, 거창한 결혼식일 겝니다. 그럼요."

나를 페레오라드 씨에게 추천해 준 사람은 친구인 P였다. P의 말로는 페레오라드 씨는 상당한 지식을 갖고 있는 고고학자인데, 어떤 일이 있어도 좀처럼 화를 내지 않는 호인이라고 했다. 페레오라드 씨라면 나에게 10리 밖에 있는 모든 유적지들을 기꺼이 안내해 줄 수 있다고도 했다. 그렇지 않아도 그의 힘을 빌리면 고대와 중세 기념물들이 많은 일르 인근 지역들을 돌아볼 수 있을 것으로 기대하고 있던 참이었다. 하지만 이 모든 계획이 방금 들어 알게 된 결혼식으로 인해 차질을 빚고 말 것만 같았다.

난 속으로 생각했다. '어쩌면 내가 결혼식을 방해하

는 것인지도 모르지.' 그러나 어쨌든 페레오라드 씨는 친구 P의 추천을 받은 나를 기다리고 있을 것이고, 그를 만나지 않을 수는 없었다.

"나리, 이제 벌써 평원으로 들어왔으니, 내기라도 할까요? 페레오라드 씨를 만나 나리가 무슨 일을 할지 내가 알아맞히면 시가 한 대를 주세요."

나는 시가 한 대를 그에게 내밀며 말했다.

"그걸 알아맞히는 것은 식은 죽 먹기지. 그렇지 않은가. 이렇게 카니구 산을 넘었으니 이제 할 일이란 푸짐하게 저녁을 먹는 일밖에 더 있겠나."

"그렇습죠만, 내일은 무슨 일을 하실 건지……? 제 말씀은 혹시 나리께서 동상을 보기 위해 일르에 오신 것이 아닌가 해서요. 나리가 세라보네 성자들의 초상화를 그리는 것을 보고 대강 짐작이 갔습죠."

"동상을 보러 왔다고, 내가?" 동상이란 말에 나는 호기심이 일었다.

"모르고 계셨단 말이에요? 페레오라드 씨가 어떻게 해서 땅속에서 동상을 찾아냈는지, 페르피냥에 계실 때

이야기를 못 들었단 말이에요?"

"점토로 만든 테라코타 조각이라도 찾아냈다는 건가?"

"그게 아니에요. 청동으로 만든 거예요. 꽤 값이 나
갈 것 같은 물건이었어요. 성당의 종만큼이나 무거웠거
든요. 올리브나무 밑 땅속에 묻혀 있던 것을 우리가 캐
냈죠."

"그럼, 자네도 발굴할 때 현장에 있었단 말인가?"

"그럼요, 나리. 페레오라드 씨가 한 보름 전에 나와
장 콜을 찾아와서 늙은 올리브나무를 좀 뽑아 달라는
거예요. 나무가 얼어 죽었다고 하면서요. 작년 겨울이,
아시겠지만, 지독하게 춥긴 했지요. 그런데 장 콜이 한
참 곡괭이질을 하고 있는데, 마치 종이라도 친 것처럼
뎅 하는 소리가 들리지 않겠어요. 그게 뭐였겠습니까?
소리를 들은 우리는 계속 땅을 팠죠. 그랬더니 검은 손
이 하나 나오는데, 죽은 사람의 손 같았어요. 난 더럭
겁이 났죠. 그래서 얼른 나리를 찾아가 말했어요. '나
리, 죽은 사람이 나왔어요. 올리브나무 밑에서요!' 나리
는 '뭐라고, 죽은 사람이 나왔다고' 하시면서 손을 보자

마자 소리를 지르시는 거예요. '고대 유물이다! 고대 유물!' 하시면서요. 뭐 굉장한 보물이라도 찾아낸 것처럼 말이에요. 그러더니 우리 두 사람보다도 더 열심히 곡괭이와 손을 이용해 마구 흙을 파내시더라고요."

"그래서 대체 뭐가 나왔단 말인가?"

"크고 시커먼 여인이 나왔는데, 말하기 뭐합니다만, 글쎄 옷을 거의 완전히 벗고 있는 여자였어요. 청동으로 만든 건데, 페레오라드 씨는 그게 샤를마뉴 시대의 야만인들이 믿던 우상이라고 하더라고요."

"대충 뭔지 알겠군. 수도원 폐허에 묻혀 있던 청동으로 만든 동정녀 상인 것 같아."

"동정녀라고요? 그럴 수도 있겠지만, 그게 동정녀였다면 내가 못 알아봤을 리 없었을 텐데요. 말씀드렸지만 모습이 비너스였다니까요. 크고 흰 두 눈으로 우리를 빤히 쳐다보고 있었어요. 마치 노려보는 것 같았다니까요. 그 두 눈을 똑바로 볼 수가 없어서 우린 고개를 돌리고 말았어요."

"흰 눈이라고 그랬나? 그렇다면 그 두 눈은 청동에

박아 넣은 게 틀림없네. 어쩌면 로마 시대의 작품인지도 모르겠군."

"로마 시대 작품이라고요? 그렇죠. 페레오라드 씨도 로마 조각이라고 했어요. 그러고 보니 선생님도 페레오라드 씨처럼 학자시군요."

"그 조각이 어디 잘려 나간 데 없이 잘 보존되어 있었나?"

"그럼요. 어디 하나 없어진 데가 없었어요. 석고로 만들어 칠을 해서 시청에 세워 놓은 루이-필립 상보다도 더 아름답게 잘 만들어졌던 걸요. 그런데 이상한 것은 그 우상의 얼굴이 지금은 잘 떠오르질 않아요. 뭔가 불길한 기운이 느껴졌고 정말로 불길한 일이 벌어졌어요."

"불길하다고? 그 조각 때문에 자네에게 무슨 일이라도 일어났단 말인가?"

"꼭 저에게 무슨 일이 일어난 거는 아니에요. 나리도 곧 아시게 되겠지만, 간신히 힘을 모아 그 조각을 똑바로 세워 놓았죠. 힘이라곤 써 본 적이 없는 페레오라드 씨도 끈을 잡고 있었어요. 그런데 겨우 세워서 넘어지

지 말라고 한쪽 귀퉁이에다가 기왓장 조각을 괴어 놓
았는데, 글쎄 그게 애꿎게도 그대로 다시 쓰러져 버렸
어요! 그때 내가 '조심해' 하고 냅다 소리를 질렀는데,
벌써 늦었어요. 장 콜이 그만 다리를 뺄 시간도 없이 조
각에 깔려 버렸거든요."

"그래서 부상이라도 당했나?"

"나무토막처럼 다리가 두 동강이 나고 말았죠. 얼마
나 가슴이 아프던지, 원! 그놈의 조각을 보자 난 울화통
이 치밀어서 곡괭이를 들어 그 자리에서 부숴 버리고
싶었어요. 페레오라드 씨가 말리지만 않았어도 정말 부
숴 버렸을 겁니다. 페레오라드 씨는 장에게 돈을 주었
죠. 보름이 지났지만 아직도 집에 누워 있어요. 의사 말
로는 다친 다리는 영원히 못 쓴다고 하대요. 참 안됐어
요, 그 친구 노련한 도련님 다음으로 우리 중에서 공을
가장 잘 치는 선수였는데 말입니다. 그래서 알퐁스 드
페레오라드 도련님도 자신에게 필적할 만한 유일한 선
수를 잃었다고 안타까워했어요. 두 사람이 볼을 치는
것을 보고 있으면, 정말 얼마나 신이 나는지 몰라요. 공

이 땅에 떨어지질 않는다니까요, 내 참."

　이런저런 이야기를 하다 보니 우리는 일르에 들어와 있었고, 나는 곧 페레오라드 씨를 만났다. 키가 작고 아직도 정정한 노인네였다. 딸기코를 한 얼굴에는 생기가 돌았으며, 농담도 잘하게 생긴 타입이었다. 친구인 P가 써 준 편지를 뜯기 전에 페레오라드 씨는 나를 먼저 음식이 잘 차려진 식탁으로 데리고 가 부인에게 소개를 시켰고, 아들에게도 학자들의 무관심 때문에 잊혀져 버린 루씨용 지방을 망각으로부터 구해 낼 학자가 왔다고 하면서 나를 소개했다.

　산악 지방의 신선한 공기 탓인지 정말로 맛있게 식사를 하면서 나는 그 집 사람들을 유심히 살펴보았다. 페레오라드 씨는 정말로 활달한 사람이었다. 그는 말도 많이 했고 음식도 잘 먹었다. 그러다가도 자리에서 일어나 서재로 달려가서는 이 책 저 책 꺼내다 보여 주기도 했고, 판화를 꺼내 보여 주면서 내 술잔이 빈 것을 보고 한 손으로는 술을 따라 주기도 했다. 한시도 가만히 앉아 있는 사람이 아니었다. 카탈루냐 여인네들이

다들 그렇지만 나이 마흔을 넘긴 뚱뚱한 부인은 집안 일밖에는 모르는 전형적인 시골 아낙네였다. 부인은 아직도 6명은 더 먹을 만큼 수프가 충분히 남아 있었지만 부엌으로 달려가 산비둘기를 잡고, 옥수수 가루로 만든 과자를 구워 내왔으며, 잼도 벌써 여러 병 새로 땄다. 식탁에 앉은 지 얼마 되지도 않았는데 식탁은 접시와 술병으로 가득했고, 권하는 대로 다 맛만 보았어도 나는 아마 배가 터져 죽었을지도 모른다. 매번 사양하느라고 진땀을 흘려야만 했다. 사람들은 내가 불편해하는 것은 아닌지 걱정하는 눈치들이었다. 이 허물없는 시골 사람들은 파리 사람들과 달라도 너무나 달랐다!

아버지와 어머니는 분주하게 왔다 갔다 했지만 그 아들인 알퐁스 드 페레오라드는 마치 장승처럼 꿈쩍도 하지 않고 앉아 있었다. 26살의 체격이 건장한 청년이었고, 얼굴도 이목구비가 또렷하고 준수한 미남이었다. 하지만 얼굴에는 어떤 표정도 없었다. 훤칠한 키나 육상선수 같은 체격은 그 청년이 이 고장에서 스카시[1] 선수로 누리고 있던 명성을 짐작하게 했다. 그날 식사 시간에 청년은 《주르날 데 모드》라는 패션 신문 최근호에 실린 판화와 똑같은 옷을 입고 우아한 모습으로 나타났다. 하지만 본인은 불편해하는 눈치였고, 벨벳으로 만든 옷깃이 목에 꼭 끼어서인지 마치 말뚝처럼 꼿꼿하게 앉아 있었고, 목을 돌릴 때에도 몸 전체를 돌려야만 했다. 햇볕에 그을린 크고 두꺼운 두 손은 짧게 깎은 손톱 탓인지 어딘지 입고 있는 옷과 잘 어울리지 않았다. 도시의 멋쟁이가 걸친 신사복 밖으로 시골 농부의 두 손이 불쑥 튀어나와 있는 모양이었다. 식사를 하는 동안 줄곧 파리에서 온 나를 머리에서 발끝까지 호기심 가득한 눈으로 훑어보던 그는 아무 말도 하지 않다가 내게 딱 한마디 질문을 던졌는데, 다름 아니라 시곗줄을 보고 어디서 샀느냐는 것이었다.

식사가 거의 끝나 갈 때쯤 페레오라드 씨가 내게 다가왔다. "자, 손님. 우리 집에 오셨으니 우린 식구나 다름없습니다. 내가 이 산골에서 궁금해하던 것을 모두 봐 주시지 않으면 절대로 그냥 돌려보내 드리지 않을 것이다, 이 말입니다. 우리 고향인 이 루씨용을 선생은 잘 연구하셔서 제발 정당한 평가를 내려 주어야만 합니다. 우리가 보여 드리는 것을 절대로 의심해서는 안 됩니다. 페니키아, 켈트, 로마, 아라비아 그리고 비잔틴 등등 우리 지방에는 모든 유물들이 가득합니다. 어디라도 모시고 가서 풀 한 포기, 벽돌 한 장까지 모두 보여 드릴 겁니다."

갑자기 기침을 하는 바람에 페레오라드 씨는 말을 중단하지 않을 수 없었다. 그 틈을 이용해 나는 가정에 중대한 일이 있는데 공연히 방해가 되는 것 아닌가 해서 송구스럽다는 말을 전했고, 내가 해야 할 답사에 대해 들려줄 충고가 있다면 얼마든지 고맙게 듣겠지만 굳이 나와 함께 길을 나서지 않아도 된다는 뜻을 전했다.

하지만 내 말을 채 듣지도 않고 그가 말했다. "아, 지금 내 아들 결혼식 말씀을 하시는 거군요. 뭐 별일도 아닌 걸 갖고 그러십니까. 내일 모레 식을 올릴 겁니다. 선생도 우리와 함께 한 가족으로서 결혼식에 참가하실 겁니다. 신부가 지금 유산을 물려준 친척 아주머니가 돌아가셔서 상중이에요. 그래서 잔치도 못 하고 무도회도 없어요. 안됐지만, 할 수 없죠, 뭐. 우리 카탈루냐 여자들이 춤추는 것을 좀 보셔야 하는데 말입니다. 춤추는 여인들이 얼마나 예쁜지 몰라요. 선생도 우리 알퐁스처럼 장가 들고 싶어질 걸요. 그런 말이 있질 않습니까. 남이 장가를 들면 자기도 장가 들고 싶어진다고. 토요일이면 애들이 결혼할 거고, 그러면 난 그때부터 더할 일도 없어서 자유입니다. 우리 둘이서 함께 떠나도 돼요. 어쨌든 시골 결혼식까지 보게 해서 미안할 따름입니다. 매일 연회를 여는 파리 사람들이 보기에 시골 결혼식이라는 게, 뭐 게다가 무도회도 없는 결혼식이니, 원 참! 하지만 신부는 보실 수 있어요, 신부는요. 보시고 나서 제게 말씀을 좀 해 주세요. 하긴 선생은 점잖은 분이시니 여자들을 눈여겨보고 그러지 않으시겠지만요. 난 선생에게 더 좋은 것을 보여 드릴 게 있습니다. 뭔가를 보여 드릴 겁니다! 내일이면 선생은 아마 깜짝 놀라실 거예요."

"헌데, 이걸 어쩌지요! 전 이미 알고 있습니다. 좋은 일은 사람들 몰래 감추기가 어렵다고 하더니 이럴 때를 두고 하는 말인가 봅니다. 선생께서 저를 깜짝 놀라게 해 주시려고 남겨둔 것이 뭔지 전 알고 있어요. 그게 동상 이야기라면 내 길 안내를 맡았던 안내인 이야기를 들어서 호기심이 이만저만이 아닙니다. 얼른 보고 싶군요."

"아, 그러셨군요! 그 사람이 벌써 말을 했군요. 사람들은 내 아름다운 비너스를 꼭 동상이다 뭐다 그렇게 부르죠. 한데 난 지금은 그 이야기는 하고 싶지 않군요. 내일 해가 밝으면 보여 드리겠습니다. 보고 나서 내가 걸작이라고 믿는 것이 옳은 것인지 아닌지 말씀을 좀 해 주십시오. 참 기가 막히게도 선생은 때맞춰 와 주셨습니다! 뭔가 글이 새겨져 있는데, 모자라는 내가 감히 나름대로 해석을 한다고 했지만 어쨌든 이제 파리에서 학자분이 내려오셨으니, 뭐 걱정할 게 없네요! 내가 한 해석을 보시면 아마 웃음이 나올 겁니다. 난 그래도 논문도 쓰고 나이 든 시골 고고학자로서는 그래도 열심히 했어요. 언론에 글을 쓰도록 압력도 넣곤 했지만, 그게 어디, 아무튼 선생께서 내 글을 좀 읽어 주시고 고

쳐 주시고 했으면 하는 그 글을, 한 가지 예를 들어 드
리면, 받침대에 'CAVE'라고 씌어진 게 있는데 이 글자
가 무슨 뜻인지 모르겠어요. 선생의 해석을 좀 들어 봤
으면 합니다. 하지만 더 이상은 묻지 않겠습니다! 내일,
그래요, 내일 더 이야기하기로 하죠. 오늘은 비너스 이
야기를 더 이상 하지 않겠습니다!"

이때 부인이 말을 하고 나섰다.

"당신 우상 이야기는 거기서 끝내요. 손님께서 당신
이야기를 듣느라고 식사도 제대로 못 하고 계시잖아요.
선생께서는 파리에 계시니 당신의 그 비너스보다 훨씬
더 아름다운 조각들을 얼마나 많이 보셨겠어요. 튈르리
정원만 가도 12개가 넘는 비너스가 있고, 모두 청동으
로 만든 것들이에요."

"허 참, 이런 무식한 여자를 봤나. 시골 여자는 할 수
없다니까! 고대 조각 작품을 그래 쿠스투가 만든 그 밋
밋한 조각하고 비교하다니!

경솔하고 무모하도다. 여인이여

그대가 신들의 이야기를 하다니

선생, 이 마누라가 글쎄 내 조각을 녹여서 성당의 종을 만들자고 했다니까요. 미론의 걸작일지도 모르는 작품을 가지고 말입니다. 종을 만들면 자기 이름을 종에 새겨 넣을 수 있다 그거죠."

"당신은 자꾸 걸작, 걸작 그러는데, 그놈의 조각이 무슨 일을 저질러 놓았는지 좀 봐요. 사람 다리를 부러뜨리는 게 걸작이에요!"

부인의 말을 듣고 있던 페레오라드 씨는 단호한 어조로 부인의 말을 끊었다. 그러면서 스타킹을 신은 오른쪽 다리를 앞으로 내밀면서 말했다.

"부인, 내 말 좀 들어 봐요. 비너스가 내 이 오른쪽 다리를 부러뜨렸다고 해도, 난 결코 후회하지 않았을 거요."

"참, 어이가 없군요. 어떻게 그런 말을 다 하세요. 다행히도 그 사람이 많이 나았다니까 망정이지, 큰일 날 뻔했잖아요. 어쨌든 나는 이제 더 이상 그 조각이 불행을 가져오는 것을 보고 있을 수는 없어요. 장 콜이 불쌍하지도 않아요, 당신은?"

잔뜩 화가 난 부인의 말에는 아랑곳하지 않고 남편은 너털웃음을 지으며 말을 받았다.

"비너스가 입힌 상처라! 비너스에게 상처를 입은 한 떠돌이가 불평을 늘어놓는구나."

Veneris nec proemia noris
그대는 비너스가 준 선물을 알지 못하는도다*

비너스에게 상처를 입지 않은 사람이 있었던가?

아들인 알퐁스는 라틴 어를 몰라 어리둥절하고 있다가 아버지가 불어로 말하자 이젠 알아듣겠다는 표정을 지으며, 마치 내게 "파리에서 오신 당신은 무슨 말인지 알아들었느냐"고 묻고 싶은 듯 나를 바라보며 눈을 끔뻑거렸다.

---

* 로마 시인 베르길리우스의 시에 나오는 구절

저녁 식사는 그렇게 끝났다. 이야기를 하는 사이, 한 시간 동안 나는 아무것도 입에 대질 않았다. 피곤한 나머지 나도 모르게 자꾸 나오는 하품을 어쩔 수 없었다. 부인이 그런 나를 가장 먼저 알아보고 이젠 잠자리에 들 시간이 되었다고 말했다. 하지만 그때부터 다시 나는 내 잠자리에 대해 거듭 사양하는 말을 하지 않을 수 없었다. 파리가 아니라서 불편한 것은 당연한 일이니 아무 데서나 자도 괜찮다는 말을 여러 번 했던 것이다. 그러나 루씨용 사람들의 고집은 대단했다. 험한 산을 타고 걸어왔으니 밀 짚단에서 잠을 자도 달콤하기만 할 것이라고 아무리 말을 해도 소용이 없었다. 페레오라드 씨 가족들은 이에 아랑곳하지 않고 자신들이 준비해 놓은 방에서 자지 않는다면 시골집이 누추해 자신들이 미안해서 견디지 못할 것이라고 하면서 물러서질 않았다. 나는 할 수 없이 페레오라드 씨를 따라 미리 마련해 둔 내 방으로 올라갔다. 나무로 만든 계단을 올라가니 방이 여러 개 있는 복도가 나왔다.

집주인이 내게 말했다. "오른쪽에 있는 이 방은 장차

마담 알퐁스가 될 며느리를 위해 준비해 둔 방이죠. 선생께서 주무실 방은 반대쪽 끝에 있습니다." 집주인은 목소리를 낮게 깔면서 덧붙였다. "막 결혼한 신혼부부들과는 멀리 떨어져 있어야 되겠죠. 그래서 주무실 방을 신혼부부 방 반대쪽 끝에다 마련했습니다."

들어간 방에는 가구가 잘 갖추어져 있었다. 제일 먼저 눈에 뜨인 것은 침대였는데, 길이가 7척에 폭이 6척이나 되는 큰 침대였고, 게다가 앉은뱅이 걸상이라도 밟고 올라가야 할 정도로 높았다. 집주인은 초인종 위치를 일러 주고, 설탕 그릇이 가득 차 있는지 열어 보고, 또 오드콜로뉴[2]가 화장실에 제대로 있는지 확인한 다음, 마지막으로 부족한 것이 없는지 내게 물어본 뒤에야 인사를 하고 방을 나갔다.

창문들은 모두 닫혀 있었다. 옷을 벗기 전에 나는 저녁을 먹고 난 다음이라 신선한 밤공기를 쏘이고 싶어 창문 하나를 열었다. 정면에 있는 카니구 산이 눈에 들어왔다. 아름다운 산이었지만 그날 저녁 카니구 산은 밝은 달빛을 받아 유난히 더 아름다워 보였다. 나는 잠시 그 멋진 광경을 바라보고 있다가 창문을 닫으려고 했다. 그때 약 40미터 정도 떨어진 곳에 있는, 받침대에 놓인 동상이 눈에 들어왔다. 동상은 작은 정원과, 나중에 알게 되었지만 마을의 스카시 구장으로 쓰이는 넓은 운동장 사이에 있는 산울타리 모퉁이에 놓여 있었다. 페레오라드 씨는 자신의 소유였던 이 운동장을 아들의 간곡한 청을 받아들인 끝에 시에 기증했다.

멀리 떨어져 있었기 때문에 동상이 어떤 모습을 하고 있는지는 분간할 수가 없었다. 단지 높이만 짐작할 수 있었는데, 대략 6척(약 180센티미터―옮긴이) 정도는 돼 보였다. 그때 마을 청년 둘이 흥겨운 루씨용 민요를 부르면서 산울타리 곁의 운동장을 지나가고 있었다. 두 사람은 동상 앞에서 걸음을 멈추었다. 그중 한 청년은 목청을 높여 동상에게 카탈루냐 말로 뭐라고 외쳐댔는데, 오랫동안 카탈루냐 지방에 머물렀던 나는 대충 그 말을 알아들을 수 있었다.

"야, 이 더러운 계집, 너 여기 있었구나! (옮기자면 '더러운 계집'이지만 카탈루냐 말로는 더 심한 욕이었다.) 너

잘 만났다! 장 콜의 다리를 분질러 놓은 게 바로 너란 말이지! 내가 있었다면 네 모가지를 부러뜨려 놨을 거야!"

옆에 서 있던 친구가 나섰다.

"네가 뭘로 목을 부러뜨린다는 거야. 저게 청동으로 만든 동상인데. 에티엔도 칼을 대 봤는데 괜히 칼날만 버리고 말았어. 옛날 이교도들 시대에 만들어진 청동 조각이라던데. 잘은 모르겠지만 굉장히 단단한 모양이야."

"그래? 좋아. 내 손에 지금 정만 들려 있었어도 당장 저년의 흰 두 눈을 아몬드 파내듯이 뽑아 버렸을 거야. 그리고 한 10수 정도 받고 넘겨 버리는 거야."(이야기를 들으니 열쇠공인 것 같았다.)

두 청년은 다시 걷기 시작했다. 그러더니 그중 한 사람이 "그냥 갈 수는 없지, 우상께 인사라도 하고 가야지"하며 돌연 걸음을 멈추었다.

몸을 숙이는 것으로 봐서는 땅바닥에서 돌멩이를 집어 든 것 같았다. 팔을 젖히고 무언가를 힘껏 내던지는 모습이 보이는가 싶더니 곧이어 청동 조각이 낭랑하게 울리는 소리가 들렸다. 그러자 거의 동시에 돌을 던진 그 청년은 두 팔로 자신의 머리를 감싸며 고통스러운 신음 소리를 냈다.

"저 동상이 내게 돌을 다시 던졌어!"

두 청년은 걸음아 나 살려라 하고 도망을 쳤다. 동상이 돌을 던질 리 만무하니 청년이 던진 돌이 튕겨 나온 것이었을 것이다. 하지만 아무튼 여신은 자신을 모욕한 청년에게 응징을 한 셈이었다.

나는 고소하다고 생각하며 창문을 닫았다.

"비너스 여신께서 망나니를 벌주셨군! 유물을 부수는 파괴자들은 모두 오늘처럼 머리를 부숴 주소서!" 나는 속으로 중얼중얼 이런 기도를 하며 잠이 들었다.

눈을 떴을 때는 해가 중천에 있었다. 내 침대 곁에는 언제 왔는지 페레오라드 씨가 잠옷 바람으로 서 있었다. 다른 쪽에는 부인이 보낸 하인이 한 손에 코코아 잔을 들고 서 있었다.

"자, 파리에서 오신 선생, 이제 일어나시죠! 파리에서 내려온 사람들은 모두 늦잠들을 자는군!" 내가 얼른 자리에서 일어나 옷을 입는 사이에도 집주인은 계속 말을 했다. "8시가 넘었는데 아직도 주무시다니. 난 6시에 일어났어요. 세 번이나 올라와 봤는데 매번 주무시고 계시더군요. 혹시 잠을 깰까 봐 까치발로 올라와 문에다 귀를 대 봤는데, 쥐 죽은 듯이 조용했죠. 선생 나이에 지나치게 잠을 많이 자는 것은 안 좋아요. 자, 그건 그렇고 내 비너스 여신을 선생은 아직 못 보셨죠. 자, 어서 이 바르셀로나 잔에 있는 코코아를 드세요. 이거 진짜 좋은 겁니다. 파리에서도 구하기 힘들 걸요. 힘을 내야만 합니다. 비너스 앞에 서면 누구도 못 빠져 나오니까요."

나는 어찌나 서둘렀는지, 면도도 하는 둥 마는 둥 하고, 옷의 단추도 제대로 다 못 낀 채 텁수룩한 머리 그대로 뜨거운 코코아를 마시느라 얼얼해진 입으로 집주인을 따라 정원으로 내려가 아름다운 그 동상 앞에 섰다.

진짜 비너스였다. 놀랍도록 아름다운 비너스였다. 고대 조각가들이 만든 동상들처럼 상체를 모두 드러내고 있었다. 가슴 근처까지 들어 올린 오른손을 위로 펼쳐 엄지와 나머지 두 손가락은 펴고 다른 두 손가락을 살며시 접어 사과를 하나 쥐고 있었다. 다른 한 손은 둔부 근처로 내려가 하반신을 덮고 있는 주름진 옷자락을 살며시 잡고 있었다. 동상의 모습을 보자 나는 이유는 모르겠으나 사람들이 흔히 게르마니쿠스라고 부르는 게임이 문득 떠올랐는데, 상대방이 내미는 손가락 수를 알아맞히는 놀이였다. 어쩌면 누군가가 정말로 손가락 수를 알아맞히는 게임을 하고 있는 여신을 조각했는지도 모를 일이다.

어쨌든 이 비너스보다 더 완벽한 동상은 다른 곳에서는 찾을 수 없을 것만 같았다. 몸의 윤곽선은 그윽했고 그러면서도 풍만했다. 흘러내리는 옷자락은 우아한 고상함 그 자체였다. 나는 처음에는 로마 후기의 그렇고 그런 조각일 거라고 생각하고 있었다. 하지만 아니었다. 내 눈앞에는 최전성기에 만들어진 조각 중에서도 가장 아름다운 걸작이 있었다. 무엇보다 나를 놀라게 했던 것은 다름 아니라 몸의 각 부위들이 보여 주는 그윽한 사실성이었는데, 마치 살아 있는 여인 중 가장 완벽한 여인을 골라 그대로 조각으로 만든 것만 같았다.

이마 위의 머릿결은 옛날에는 금색으로 칠을 했었던 것 같았다. 머리는 그리스의 모든 조각들처럼 작았고, 거의 눈에 안 뜨일 정도로 약간 앞으로 숙여져 있었다. 그러나 얼굴은 너무나 야릇해서 도저히 표현할 수가 없었다. 아무리 기억을 뒤져 봐도 내가 본 그 어떤 고대 조각의 얼굴과도 닮은 점이 없었다. 고대 그리스 조각들은 대부분 차분하면서도 단호한 얼굴들을 하고 있어서 자연히 다른 부분들마저도 움직임이 없는 가운데에서도 당당했는데, 동상이 갖고 있는 매력은 전혀 그런 아름다움이 아니었다. 오히려 그 반대에 가까웠다. 조각가가 사악함을 불어넣기 위해 일부러 여신의 얼굴에 무언가 불길한 분위기를 표현한 것만 같아 놀라지 않을 수가 없었다. 몸의 각 부분은 약간씩 수축되어 있었다. 두 눈은 약간 기울어 있었고, 입술의 양끝도 위로 치켜 올라가 있었으며, 또 두 콧구멍도 정상보다는 조금 커 보였다. 믿을 수 없을 정도로 아름다운 비너스였지만 그 표정은 무언가 조롱하고 비꼬는 듯했으며, 또 무언가 잔혹함이 느껴졌다. 실제로, 이 아름다운 조각은 보면 볼수록 그 아름다움 속에 감정 같은 것이 깃들어 있지 않다는 무서운 느낌을 들게 했다.

페레오라드 씨에게 내가 말했다.

"이 작품은 모델을 갖고 있지 않았어요. 자연은 이런 여인을 만들어 낼 수가 없거든요. 만일 정말로 이런 여인이 있었다면 그 여인을 사랑했던 남자들은 정말 가련한 사람들이었을 겁니다! 절망으로 모두 죽었을 테니까요. 여인은 그렇게 절망하고 죽어 가는 남자들을 보면서 즐거워했을 겁니다. 이 조각 속에는 뭔가 사나운 기운이 들어 있어요. 하지만 그렇다 하더라도 너무나 아름답군요."

내 말을 듣고 있던 페레오라드 씨는 조각을 보며 흥분을 감추지 못하는 나를 보고 흡족했는지 큰 소리로 외쳤다.

"비너스 여신이여, 그대는 온몸으로 사랑하는 남자를 사로잡았노라!"

나를 놀리려는 농담이었지만 끔찍한 농담이었다. 내가 그렇게 느꼈던 것은 세월이 흐르면서 검푸른 녹이

슨 몸에서 은으로 만들어 박아 넣은 두 눈이 유난히 반짝거리고 있었기 때문이다. 동상의 두 눈은 마치 살아 있는 여인의 눈이 아닌지 착각할 정도로 생생하기만 했다. 조각을 보자 나는 조각이 자신을 쳐다보는 사람으로 하여금 더 이상 똑바로 마주 보지 못하고 고개를 돌리게 한다는, 길 안내를 맡았던 사람이 들려준 말이 떠올랐다. 맞는 말이었다. 나 또한 이 청동으로 만든 동상 앞에서 마음이 편치 않았고, 그런 나 자신을 보자 그만 분노가 치솟았다.

집주인이 다시 입을 열었다. "이제 고대 작품을 같이 연구하는 동료인 선생께서 이 작품에 대해 미학적인 모든 것을 두루 칭찬했으니 원하신다면 학술대회라도 한번 열어야겠습니다. 한데, 아직 말씀을 안 하신 저 글귀는 어떻게 생각하세요?"

집주인이 동상을 받치고 있는 받침대를 가리키며 말했을 때 글귀가 눈에 들어왔다.

CAVE AMANTEM

집주인은 손을 비비며 박사학위 심사를 할 때 심사위원들이 하는 말을 흉내 내어 "연구자의 의견을 개진해 주시죠"라고 하더니, 내 답은 듣지도 않은 채 바로 이어 "'카베 아만템'을 해석하는 데 우리 두 사람이 의견의 일치를 보아야겠죠!"라고 덧붙였다. 내가 입을 열었다.

"두 가지가 뜻이 있습니다. 우선 '그대를 사랑하는 사람을 조심해라' 혹은 '애인을 경계해라'라는 뜻으로 해석할 수 있어요. 그런데 이렇게 해석을 하자면 'CAVE AMANTEM'이라는 라틴 어가 완전히 정확한 표현이라고는 할 수 없다는 문제가 있어요. 그래서 여신의 악마적인 표정을 고려해서 다시 해석을 하면, 오히려 조각가가 조각을 보는 사람들에게 무서운 미모를 경계하라는 뜻으로 '조각이 그대를 사랑할 때 조심해라'라는 뜻으로 새겨야 되지 않을까 싶군요."

내 말을 듣고 있던 페레오라드 씨가 말했다.

"아! 기가 막힌 뜻을 갖고 있었군요. 하지만 실례를 무릅쓰고 한마디 드리자면, 나로서는 첫 번째 해석이 더 마음에 듭니다. 그게 내가 했던 해석이기도 하고요.

비너스 여신의 애인이 누군지 알고 계시죠?"

"한 사람이 아니었죠."

"그렇죠. 하지만 첫 번째 애인은 불카누스였죠. 신화를 보면 '그대는 아름다움과 남을 무시하는 듯한 태도에도 불구하고, 대장장이를 애인으로 갖게 될 터인데, 그 남자는 못생기고 절름발이다'라고 되어 있어요. 예쁜 여인들에게 주는 의미 깊은 교훈인 거죠!"

나는 미소를 짓지 않을 수 없었다. 집주인이 들려준 설명은 억지로 갖다 붙인 해석이었기 때문이다. 하지만 자신감이 넘쳐 나는 이 시골 고고학자의 말을 가능한 한 정면으로 반박하지 않아야만 했기 때문에, "라틴어라는 언어는 무서울 정도로 정확한 언어입니다"라고 넌지시 딴 이야기를 던지며 조각을 조금 더 잘 보기 위해 몇 발자국 가까이 다가가려고 했다. 그러자 페레오라드 씨가 내 팔을 잡아끌며 말했다.

"선생은 아직 다 보신 게 아니에요. 다른 글귀가 또 있어요. 받침대에 올라가서 오른쪽 팔을 보세요."

말을 마친 그는 나를 부축해 받침대 위로 올라가게

했다. 달리 방법이 없어서, 많이 보아 온 탓에 그리 낯설지 않은 비너스의 목을 부둥켜안을 수밖에 없었다. 나는 그렇게 해서 여신의 코를 올려다보는 위치에서 잠시 여신의 얼굴을 볼 수 있었는데, 가까이서 보는 여신의 얼굴은 한층 아름다웠고 동시에 그만큼 무서워 보였다. 오른쪽 팔을 보니 아닌 게 아니라 고대 초서체로 흘려 쓴 글귀 몇 개가 새겨져 있었다. 안경을 고쳐 쓰고 나는 글자를 하나하나 크게 소리 내서 읽었고, 그러면 밑에 있는 페레오라드 씨는 고개를 끄덕이며 발음을 반복하면서 내가 읽어 준 글씨를 받아 적었다. 그렇게 해서 나온 글귀는 다음과 같은 것이었다.

VENERI TVRBVL

EVTYCHES MYRO

IMPERIO FECIT

첫 줄의 TVRBVL 다음에는 다른 글자들이 몇 개 더 있었는데 지워져서 읽을 수가 없었다. 반면 TVRBVL

까지는 분명하게 나타나 있었다.

집주인은 반가운 표정이 역력하면서도 입가에 야릇한 미소를 띤 채 "무슨 뜻일까요?"라고 물었다. 그의 야릇한 미소는 다름 아닌 내가 TVRBVL을 잘 해석해 낼 수 있을까 의심하는 미소였다.

내가 입을 열었다. "아직 나도 잘 모르는 단어가 하나 있긴 하지만, 나머지는 그리 어렵지 않군요. 엘레우테루스 미론이 비너스의 명령을 받아 이 선물을 여신에게 바쳤다는 뜻입니다."

"정말 장합니다. 그런데 TVRBVL은 어떻게 받아들여야지요? 대체 TVRBVL은 무슨 뜻입니까?"

"TVRBVL이 문제인데, 나로서도 정말 곤혹스럽군요. 비너스를 따라다니는 수식어가 몇 개 도움을 줄 수도 있을 것 같아 이것저것 생각해 봤지만 소용이 없네요. 만일 TVRBVLENTA라고 하면, '문제를 일으키는 비너스, 소란을 피우는 비너스'라는 뜻이 되는데, 선생의 생각은 어떻습니까? 아시겠지만 난 아무래도 조각이 갖고 있는 불길한 표정과 모종의 관계가 있을 것만 같아서요. 게다가 TVRBVLENTA는 비너스에게는 그렇게 나쁜 수식어도 아닙니다."

나 스스로도 설명에 그리 자신이 없었기 때문에 슬쩍 지나가는 어투로 덧붙였다.

"소란스러운 비너스, 시끄러운 비너스라! 그러니까 선생은 요컨대 내 비너스가 술집에 있던 비너스라는 말인가요? 아닙니다. 난 절대로 그렇게 생각하지 않아요. 내가 찾아낸 비너스는 고상한 장소에 놓여 있던 비너스가 틀림없어요. 어쨌든 TVRBVL에 대한 내 해석도 한번 들어 보세요. 그 이전에 한 가지 약조를 해 주셔야 할 게 있는데, 내 논문이 발표되기 이전에는 내가 비너스를 발굴해 냈다는 말을 어디 다른 데에 가서 먼저 발설해서는 안 됩니다. 왜냐하면 이 발견이야말로, 아시겠지만 고고학자로서 내 명예가 걸린 문제이니까요. 우리 시골에서 일하는 고고학자들에게도 먹고살 거리를 좀 남겨 주어야 하지 않겠습니까. 파리 학자들은 정말 부자들이잖아요!"

여전히 받침대 위에서 여신의 목을 붙잡고 있던 나

는 결코 그의 발견을 도둑질하는 그런 불미스러운 일이 없도록 하겠다고 선언하듯 다짐을 주었다.

집주인은 그곳에는 나 말고 아무도 없었지만 마치 누군가가 엿듣기라도 한다는 듯이, 가까이 다가와 목소리를 낮추며 입을 열었다. "자, TVRBVL을 TVRBVL-NERAE로 읽어 보세요."

"난 그러니까 더 모르겠는데요."

"자, 잘 들어 보세요. 여기서 한 십 리쯤 떨어진 산 밑에 불테르네르라고 하는 마을이 있습니다. 그 마을 이름은 TVRBVLNERA를 잘못 써서 생긴 거예요. 이런 오류는 아주 흔한 것이죠. 불테르네르는, 아시겠지만 아주 오랜 옛날에는 로마 도시였어요. 나 또한 그런 줄은 알고 있었지만 증거를 찾을 수가 없었죠. 그런데 우리 앞에 있는 비너스 상, 이게 바로 증거란 말입니다. 내가 찾은 비너스 상은 불테르네르라는 마을의 마을신이었다, 그 말입니다. 방금 고대 어원을 말씀드렸지만, 불테르네르라는 마을 이름은 한 가지 더 흥미로운 사실을 일러 주는데, 그게 다름 아니라 이 도시가 로

마 도시가 되기 이전에는 페니키아 도시였다는 사실입
니다!"

너무 급하게 말을 한 집주인은 잠시 숨을 돌리며 마
치 내 놀란 표정을 기대라도 한다는 듯이 나를 쳐다보
았다. 하지만 나는 나도 모르게 웃음이 터질 것만 같은
기분을 간신히 참고 있는 중이었다. 집주인은 다시 입
을 열었다.

"실제로 TVRBVLNERA는 순수하게 페니키아 어입
니다. TVR을 TOUR로 읽어 봅시다. TOUR와 SOUR
는 같은 단어 아닙니까? 그런데 Sour는 Tyr의 페니키
아식 이름이거든요.[3] 내가 굳이 그 도시가 어딘지를 말
할 필요는 없겠죠. 자, 그건 그렇고. BVL에 대해서 말
하자면, 그것은 Baal입니다. Baal은 Bl이고 Bl은 Bel이며,
Bel은 Bul입니다. 이들 단어들은 약간씩 발음만 차이
가 날 뿐입니다.[4] 이제 NERA에 대해서 말해 보죠. 이
것도 그리 어려운 일이 아닙니다. 딱 들어맞는 페니키
아 단어가 없어서 애를 좀 먹긴 했지만, NERA는 아마
도 그리스 어에서 왔다고 볼 수 있을 겁니다. 이 그리스

어는 '축축하다, 늪지대 같다'는 뜻이죠. 그러니까 합성어인 셈인데, 선생께 내 말을 증명하기 위해서는 산의 계곡물이 흘러내리다가 불테르네르에 와서 악취가 풍기는 늪지대를 만들어 낸다는 점을 말씀드려야겠군요. 이게 다가 아닙니다. NERA라는 종결어미는 훨씬 후일에 와서 긴 단어인 테트리쿠스의 부인을 가리키는 Nera Pivesuvia 대신 쓰인 말임이 틀림없습니다. 이 여인은 튀르발 시에서 선행을 베푼 여인입니다. 그러나 나로서는 늪지대 때문에 그리스 어 어원이 더 정확하다고 생각합니다."

집주인은 만족한 표정으로 코담배를 한 움큼 꺼내 냄새를 맡더니, 결론을 내렸다.

"자, 이제, 페니키아 인들은 놔두고 조각에 새겨져 있던 글귀로 다시 돌아갑시다. 내가 해석을 해 보면 이렇습니다. '불테르네르의 비너스에게 미론이 여신의 명령에 따라 그의 작품인 이 조각을 바치노라.'"

나는 집주인이 들이댄 어원을 비판하고 싶었지만 꾹 참으면서 내 쪽에서도 뭔가 예리한 분석을 한번 보여 주어야겠다는 생각이 들었고, 그래서 다음과 같이 지적해 주었다.

"잠깐만요, 선생. 미론이 뭔가를 바친 것은 확실하지만, 그러나 그것이 이 조각은 아닌 것이 확실합니다." 내 말을 들은 집주인은 소리를 쳤다.

"뭐라고요! 미론이 유명한 그리스 조각가가 아니라고요? 그의 재능은 가문 대대로 전해져 내려온 것이고, 이 조각을 제작한 사람도 그 가문 출신입니다. 이보다 더 확실한 것은 없어요."

"하지만 내가 보니까, 팔에 작은 구멍이 나 있더군요. 내 생각에 그 구멍은 무언가를 연결하기 위해 파 놓은 것 같습니다. 예를 들면 팔찌 같은 것일 텐데, 미론은 이 비너스에게 속죄의 의미로 그런 것을 부착했을 겁니다. 미론은 불행한 연인이었죠. 비너스는 미론에게 화가 나 있었고, 그래서 조각가는 비너스에게 예를 들어 금팔찌 같은 것을 주었던 것입니다. FECIT라는 단어는 종종 CONSECRAVIT를 뜻하기 위해 쓰이기도 하는 말인데 두 말은 동의어입니다. 금석학의 대가들인 그루터나 오렐리의 책들을 보여 드릴 수 있다면 다른 예를 들어 드릴 텐데 지금은 그럴 수가 없군요. 사랑에 빠진 남자가 꿈속에서 비너스를 보는 것은 아주 자연스러운 일입니다. 또 그럴 경우, 남자는 비너스가 자신의 조각에게 금팔찌 같은 것을 바치라고 명령했다고 상상하기도 합니다. 팔찌가 없어진 것은 후일 어떤 도둑이 훔쳐 갔거나 한 것이죠."

"선생은 지금, 고대 유물을 앞에 놓고 소설을 쓰고 계시군요!"

집주인은 한 손을 내게 내밀어 붙잡고 내려오게 하면서 말을 이어갔다.

"선생의 말은 틀렸습니다. 이 조각은 미론 학파의 작품입니다. 다른 것은 그만두고, 그냥 작품을 한번 보세요. 그러면 내 말이 맞다는 것을 알 것입니다."

자기 주장을 굽힐 줄 모르는 고고학자들을 많이 보아 오면서 고집불통인 사람들의 말에 일일이 반박하지 않는 것을 신조로 삼게 된 나는 집주인의 말이 맞다는 표정을 지어 보이며, "정말 아름다운 작품이네요"라는 말을 하고 물러섰다. 그때였다. 갑자기 집주인이 소리를 질렀다.

"이런, 빌어먹을! 누군가 또 유물을 파괴하려고 했어요! 내 조각에게 돌을 던진 흔적이 남아 있잖아요!"

비너스의 가슴 바로 윗부분에 하얀 흠집이 나 있는 것을 이제 막 본 것이다. 그런데 그게 다가 아니었다. 오른손의 손가락들에도 비슷한 흠집이 나 있었다. 가슴을 맞힌 돌이 가슴에 맞고 튀어 나오면서 손가락을 스치고 간 것 같았다. 아니면 가슴을 때린 돌이 가슴에 맞으면서 충격으로 부서져 그 파편들이 손가락에 맞았는지도 모른다. 화가 나 있는 주인에게 나는 전날 밤에 보았던 비너스 조각을 모욕했던 두 청년과 그들이 여신으로부터 받은 응징에 대해 이야기를 해 주었다. 내 이야기를 들은 주인은 껄껄거리며 웃더니 돌을 던진 청년을 디오메데스 같은 놈이라고 하면서, 그놈이 그리스 영웅처럼 자신을 따르는 사람들이 모두 비둘기로 변하는 것을 보고 싶다고 했다.

이때 점심 식사를 알리는 종이 울렸고, 전날 밤처럼

이번에도 네 사람이 함께 식사를 하게 되었다. 식사가 끝난 후, 페레오라드 씨는 자신을 찾아온 농부들을 만나 이야기를 나누었고, 그 사이 아들은 나를 데리고 가서 신부에게 주려고 툴루즈에 주문해 새로 구입한 덮개가 달린 멋진 사륜마차를 보여 주었다. 나는 그가 내 칭찬을 듣고 싶어 하는 것 같아, 마음껏 멋있다고 칭찬해 주었다. 이어 그는 나를 마구간으로 데리고 가서는 한 반 시간 동안이나 말들 이야기를 하며 자랑했다. 말의 족보 이야기는 물론이고, 도에서 개최하는 경주에 나가 상을 수상한 이야기까지 끝이 없었다. 마지막으로 그는 내게 장차 자신의 부인이 될 여인에게 주기 위해 준비해 둔 암말 이야기를 들려주었는데, 자연히 그 여인에 대해서도 말을 하게 되었다.

"오늘 그녀가 집에 올 겁니다. 선생님이 보기에도 그녀가 아름다운지는 잘 모르겠습니다. 파리 사람들은 까다로우니까요. 어쨌든 여기 사람들은 물론이고 페르피냥에서도 모두들 그녀가 매력적이라고 해요. 더 좋은 것은, 게다가 그녀가 아주 부자라는 것이죠. 이모인 프라드가 재산을 물려주었거든요. 그러니 정말 난 행운아 중의 행운아인 셈이죠!"

그의 말을 듣고 있던 나는 한 젊은이가 장차 자신의 아내가 될 여인의 아름다운 눈동자보다 그녀가 가지고 올 지참금에 더 마음이 쏠려 있는 것을 알고 안타까운 나머지 가슴이 몹시 아파 왔다. 알퐁스는 계속 이야기를 들려주었다.

"선생님, 혹시 보석에 대해서 좀 아세요? 이거 어때요, 내일 그 여자에게 줄 반지인데?"

말을 마친 그는 새끼손가락에 끼고 있던 두꺼운 반지를 빼서 내게 보여 주었다. 반지에는 다이아몬드가 여럿 박혀 있었고, 두 손이 포개진 형태를 띠고 있었다. 촌스러운 반지였지만 디자인은 고전적이었다. 아마도 다이아몬드들을 박아 넣기 위해 손을 댔는지 그런 흔적이 역력했다. 반지 안에는 고딕체로 글씨를 써넣은 것이 보였다. "영원히 나와 함께"라는 뜻의 "Sempr'ab ti"라는 글귀였다. 반지를 본 나는 그에게 말했다.

"예쁜 반지군요. 하지만 나중에 박아 넣은 다이아몬

드들 때문에 반지가 약간 원래 모습을 잃어버린 것 같
군요."

주인 아들은 미소를 지으며 말했다.

"웬걸요. 이렇게 다이아몬드들을 박으니까 더 예뻐
졌는걸요. 다이아몬드 값만 1,200프랑이 들었어요. 어
머니께서 주셨지요. 반지는 집안 대대로 내려온 오래된
반지예요. 아주 오래된 거예요. 할머니도 끼셨고, 그 할
머니의 할머니도 끼셨던 거예요. 기사들이 살았던 시대
에 만든 거래요. 하지만 정확히 언제 만든 것인지는 아
무도 몰라요."

"파리에서는 결혼식 때 아주 단순하게 만든 반지를
쓰는 게 보통입니다. 흔히 황금과 백금을 쓰는데, 결혼
반지는 그렇게 두 가지 금속을 사용해서 단순하게 만
들어요. 저쪽 손가락에 끼고 있는 반지처럼 말이에요.
그게 훨씬 더 잘 어울려요. 지금 보여 준 그 반지는 다
이아몬드들이 너무 많이 박혀 있고, 위로 튀어나온 두
손 장식도 너무 커서 장갑을 낄 수 없을 것만 같군요."

"알퐁스 부인이 알아서 하겠죠, 뭐. 이걸 받으면 아마

상당히 기뻐할 거예요. 손가락에 1,200프랑을 끼고 다닌 다고 생각해 보세요. 생각만 해도 기분 좋은 일이죠."

아들은 다른 손가락에 끼고 있던 반지를 흡족한 얼굴로 바라보면서 덧붙였다.

"이 반지는 내가 파리에 놀러 갔을 때 거기서 만난 여자가 준 거예요. 벌써 2년 전 이야기인데, 파리에 갔을 때 정말 한판 잘 놀았죠! 놀려면 역시 파리로 가야 돼요."

청년은 뭔가 후회된다는 듯이 한숨을 내쉬었다.

그날 저녁 식사는 신부의 집이 있는 쿼가리그에서 먹기로 약속이 되어 있었다. 우리 모두는 마차에 올라 십오 리 정도 떨어져 있는 신부의 부모가 사는 성으로 출발했다. 소개가 끝나자 나는 마치 한 가족처럼 융숭하게 대접을 받았다. 그날 저녁 만찬을 하며 나눈 대화에 대해서는 별로 할 이야기가 없다. 나는 이야기에 거의 끼어들지도 않았다. 신부 곁에 바싹 붙어 앉은 신랑 알퐁스는 거의 15분마다 신부의 귀에 대고 뭔가를 속삭였다. 신부는 거의 눈을 들지 않고 고개를 숙이고 있었고, 신랑이 뭐라고 할 때마다 다소곳이 얼굴만 붉힐 뿐이었다. 하지만 별로 수줍어하지 않고 신랑의 말에 답을 하곤 했다.

퓌가리그 양은 올해 18살이었다. 부드럽고 약해 보이는 그녀의 몸매는 어깨가 딱 벌어진 튼튼하게 생긴 신랑과는 어딘지 잘 어울려 보이지 않았다. 여인은 그냥 아름다운 것이 아니라 매력이 있는 여인이었다. 그녀는 아무런 스스럼없이 답을 하곤 했는데, 그 태도가 어찌나 자연스럽던지 놀라지 않을 수 없었다. 그녀의 아름다움은 그러나 어딘지 약간 불길한 구석이 느껴져서 더욱 매력적이었는데, 부질없는 생각이었지만, 나도 모르게 그녀를 알퐁스의 아버지가 발굴해 낸 비너스와 겹쳐 놓고 생각하지 않을 수가 없었다. 속으로 이런 비교를 하면서 나는 조각이 갖고 있는 그 아름다움이라는 것이 혹시 많은 부분 조각의 그 야수와도 같은 사나운 분위기와 관련이 있는 것은 아닌지 궁금해하고 있었다. 어떤 강력한 에너지가 느껴질 때면 그것이 비록 사악한 정념이라 할지라도 우리는 마음속에서 놀라움과 함께 부인할 수 없는 어떤 찬탄을 하게 마련이다.

나는 퓌가리그를 떠나며 혼자 속으로 안타까워하지 않을 수가 없었다. "저토록 아름다운 여인이 부잣집 딸이라니, 그녀의 엄청난 지참금 때문에 전혀 어울리지 않는 신랑을 구할 수밖에 없었다니!"

일르로 돌아오면서 만날 때마다 뭐라고 몇 마디 말을 건네는 것이 좋겠다고 생각하면서도 뭐라고 말을 해야 될지 몰라 망설이던 나는 페레오라드 부인에게 말을 건넸다. 하지만 별로 하고 싶은 말은 아니었다.

"루씨용 사람들은 참 배짱이 좋은 것 같습니다, 부인. 전 이해가 잘 되지 않는 일인데, 여기선 금요일에 결혼을 하는군요! 파리에선 미신을 믿어서 그런지, 아무도 감히 금요일에는 여자를 맞이하지 않습니다."

"아이고, 그 말씀이라면 하지 마세요. 내 마음대로 했다면 저라고 금요일에 하겠어요. 다른 날을 골랐죠. 날은 페레오라드가 잡은 거예요. 그 사람 말은 아무도 거역할 수가 없어요. 어쨌든 저도 지금 마음이 편하질 않아요. 무슨 일이라도 생기면 어떻게 하나 싶어서요. 하지만 단순히 미신이라는 생각도 해요. 모든 사람들이 금요일을 두려워하긴 하지만 그 이유를 잘 모르겠어요."

이야기를 듣고 있던 페레오라드 씨가 입을 열었다.

"금요일은 비너스의 날이에요! 결혼하기에 딱 좋은 날이지! 아시겠지만 선생, 난 이렇게 비너스 생각만 하고 산답니다. 아, 축복 있으라, 비너스의 날이여! 금요일은 비너스의 날이기 때문에 선택한 겁니다. 내일, 선생만 괜찮으시다면 결혼식을 올리기 전에 간단하게 제사를 드릴까 하는데, 어떠세요? 비둘기 두 마리를 갖고 제사를 드리는 건데, 향도 좀 피우고 말입니다."[5]

남편의 마지막 말에 기분이 상한 듯, 부인이 느닷없이 끼어들었다.

"아니, 뭐라고요? 우상 앞에다 향을 피우자고요, 지금! 구역질나게 왜 그래요! 사람들이 알면 뭐라고 하게요!"

"그게 안 되면, 비너스 머리 위에 장미와 백합으로 만든 화관이라도 씌워 줘야지, 뭐."

Manibus date lilia plenius

(백합꽃을 두 손 가득 뿌려라)

베르길리우스의 『아이네이스』에 나오는 한 구절을 읊은 다음, 주인은 익살스럽게 투덜댔다.

"선생, 이것 보세요. 아무리 종교의 자유를 선포한 헌장이 있다고 해도 다 소용없어요. 비너스를 숭배할 자유도 없다니까요!"

다음 날 치를 결혼식 준비는 잘 진행되고 있었다. 참석자 전원은 정확하게 아침 10시까지 의복을 갖추고 준비해야 했으며, 간단하게 코코아를 한 잔씩 들고 곧바로 퓌가리그로 출발하기로 했다. 퓌가리그 시청에서 결혼식을 끝낸 후 종교 예식은 퓌가리그 성의 작은 부속 예배실에서 하기로 되어 있었다. 이어 점심 식사가 이어질 것이며, 점심 식사 후에는 오후 7시까지 시간을 보내다가 7시경에 두 가족 모두 일르의 페레오라드 씨 댁으로 가서 만찬을 든다는 것이다. 그다음 일은 이야기하지 않아도 될 것이다. 다만 춤을 출 수가 없어서 대신 마음껏 먹고 마시기로 밤 시간이 짜여 있었다.

결혼식 날 아침 8시경부터 나는 손에 연필을 들고 비너스 앞에 앉아 있었다. 비너스의 얼굴을 그려 보려고 했지만 벌써 종이를 20번은 찢어 버렸을 것이다. 그러는 사이 페레오라드 씨는 그림을 그리는 내 주위를 서성거리며 이것저것 충고를 하다가는 또 예의 그 페니키아 어의 어원에 대해서 한 이야기를 또 하고 또 하고 했다. 그러더니 언제 준비했는지, 장미 화관을 만들어 가지고 와서는 조각 받침대 밑에 놓고서는 이제 한 지붕 밑에서 같이 살게 된 신혼부부를 위해 기도를 드리며 뭔가 알아듣기 힘든 주문 같은 것을 외워 댔다. 그 모습은 코미디 같기도 했고 진지해서 진짜 제사를 드리는 것 같기도 했다. 그러더니 9시경이 되자 입을 옷을 좀 봐야겠다며 집으로 들어갔다. 아버지가 사라지자 이번에는 아들 알퐁스가 나타났다. 몸에 꼭 끼는 새로 맞춘 옷을 입고 있었다. 손에는 흰 장갑을 끼고 있었고, 구두는 반짝반짝 광이 났다. 옷의 모든 단추 역시 잘 닦아서 빛이 났고, 오른쪽 가슴에는 작은 장미 한 송이가 꽂혀 있었다. 내 그림을 보려고 몸을 숙인 그가 말했다.

"선생님, 제 부인 얼굴도 좀 그려 주실 수 있죠? 제 아내도 못지않게 예쁜 걸요."

그때였다. 스카시 구장에서 왁자지껄한 소리가 들렸다. 스카시 시합이 벌어진 것을 알자 알퐁스는 가만있을 수가 없었다. 피곤을 느끼고 있던 나도 그리려는 그림도 제대로 안 되고 해서 선수들을 보려고 그쪽으로 발걸음을 옮겼다. 선수들 중에는 전날 도착한 스페인 노새 장수들이 있었다. 아라곤과 나바라 지방에서 온 이들이었는데, 모두들 빼어난 솜씨들을 갖고 있었다. 이들이 일르 사람들과 경기를 하고 있었는데, 알퐁스의 코치를 받았지만 이 새로 나타난 선수들에게 일방적으로 지고 말았다. 프랑스 쪽 관객들은 이 패배에 거의 넋을 잃은 표정들이었다. 알퐁스는 시계를 꺼내 시간을 보았다. 아직 9시 30분밖에 안 되었다. 어머니는 아직 모자도 쓰지 않았을 시간이었다. 그는 망설이지 않고 재빨리 결혼 예복을 벗더니 경기할 때 입는 옷을 달라고 해서 입고는 스페인 선수들에게 한 판 하자고 청했다. 약간 놀라긴 했지만 나는 미소를 띤 채 그를 바라보았다. 나를 보더니 그가 말했다.

"우리 고장의 명예를 지켜야 합니다."

그런 그는 전혀 다른 사람이 되어 있었다. 아름다웠고 진지한 정열이 넘쳐났다. 조금 전만 해도 그렇게 신경을 쓰던 옷과 외모는 이제 그에게 아무것도 아닌 것처럼 보였다. 불과 몇 분 전만 해도 넥타이가 풀어질까봐 고개조차 돌리기 꺼려하던 그였다. 하지만 지금 그는 일부러 곱슬곱슬하게 만든 머리도, 정성을 들여 주름을 잡은 가슴 장식도 안중에 없었다. 약혼녀는, 어쩌면 필요하다면 그는 결혼도 다음으로 미룰지 모른다. 내 생각이었지만 그럴 것만 같았다. 서둘러 신발을 바꿔 신은 다음 그는 토시를 두 팔에 꿰어 찼고, 자신감 넘치는 표정으로 나가 패배를 맛 본 팀 앞에 우뚝 섰다. 그는 디라키움에서 휘하 장병들과 재회하는 카이사르였다. 나는 산울타리를 훌쩍 뛰어넘어 두 팀을 모두 잘 볼 수 있는 팽나무 그늘 아래 자리를 잡고 앉았다.

예상과는 달리 알퐁스는 첫 공을 놓쳤다. 사실 공은

거의 땅에 깔린 채 너무 낮게 들어왔고, 스페인 팀 주장인 것처럼 보이는 아라곤 사나이가 던진 공의 속도도 놀랍도록 빨랐다.

나이 40이 넘어 보이는 그 사나이는 6척의 거구에다 민첩하고 신경질적인 성격의 소유자였다. 올리브색 피부는 거의 비너스의 청동처럼 짙은 색이어서 강인한 인상이 풍겨 나왔다.

첫 공을 놓친 알퐁스는 화가 머리끝까지 올라 라켓을 땅바닥에 내던지며 소리를 질렀다.

"이렇게 쉬운 공을 놓치다니! 이 빌어먹을 반지가 손가락을 못 쓰게 해서 그랬군!"

조금 애를 먹긴 했지만 그는 손가락에서 반지를 빼냈다. 나는 반지를 받아 두려고 그에게 다가갔다. 하지만 그는 내게 주는 것이 아니라 비너스 조각에게 달려가 동상의 손가락에 반지를 끼워 놓고는 다시 재빨리 일르 시 팀으로 돌아와 맨 앞에 섰다.

얼굴은 창백했지만 표정은 한없이 침착했고, 결연한 의지가 엿보였다. 그때부터 그는 단 한 번의 실수도 범

일르의 비너스 159

하지 않았다. 스페인 팀은 완벽하게 패했다. 정말 멋진 한 판이었고, 둘러서서 보던 모든 이들은 모자를 벗어 공중으로 던지며 환호성을 질렀다. 어떤 이들은 달려 나와 선수들의 손을 잡았으며, 마을 이름을 외쳐 대기도 했다. 만일 이것이 게임이 아니라 전쟁이었다면 알퐁스는 모르긴 몰라도 전쟁 영웅이 받았을 더 열렬한 환영과 융숭한 대접을 받았을 것이다. 풀이 죽어 있는 스페인 선수들의 모습이 승리를 더욱 빛나게 하고 있었다. 알퐁스는 아라곤 사람에게 다가가 거만한 목소리로 한마디 던졌다.

"어이 형씨, 한 판 더 하시겠소? 몇 점 접어드릴 테니 말이오."

그런 모습을 보면서 나는 알퐁스가 조금 겸손했으면 싶었고, 상대방이 당했을 모욕에 생각이 미치자 마음이 편하지 않았다.

몸집이 거대한 스페인 사나이는 깊은 치욕을 느낀 표정이었다. 햇빛에 그을린 구릿빛 얼굴이 하얗게 변하는 것을 보았다. 이를 악문 채 그는 라켓만 물끄러미 바라보고 있더니 억눌린 목소리로 아주 낮게 말했다. "메로 파가라스켈(언젠가 이 빚을 갚아 주마)."

그때 페레오라드 씨의 다급한 목소리가 승리의 분위기에 찬물을 끼얹었다. 새로 장만한 사륜마차에 모두들 올라탔는데 주인공인 아들의 모습이 보이지 않자 놀라서 뛰어왔던 것인데, 땀에 흠뻑 젖어 라켓을 손에 들고 있는 아들을 보고는 더욱 놀라 벌어진 입을 다물지 못하고 있었다. 알퐁스는 즉각 집으로 달려가 얼굴과 손을 씻고 다시 옷과 닦아 놓은 구두로 모양을 냈다. 약 5분 뒤 우리는 퓌가리그를 향해 이내 마차를 몰았다. 마을의 모든 선수들과 구경하던 이들 역시 말과 마차에 올라탄 채 손을 흔들기도 하고 기쁨에 겨워 소리를 지르기도 하며 우리가 탄 마차를 쫓아오고 있었다. 얼마나 빨리 쫓아오는지, 우리가 탄 마차를 끄는 튼튼한 말들도 우리 뒤를 쫓아오는 사람들을 겨우 조금 앞설 수 있었을 뿐이다.

어느덧 퓌가리그에 도착한 우리는 곧장 시청으로 향했다. 그때였다. 알퐁스는 자기 머리를 탁 치며 내게 다가와 말했다.

"이런 멍청한 일을 다 봤나! 글쎄 반지를 그냥 두고 왔지 뭡니까. 비너스의 손가락에 끼워 놓고 그냥 왔어요. 어쨌든 어머니에게 말하진 마세요. 어머니는 아무 것도 눈치 채지 못할 테니까요."

"지금이라도 누군가를 보내지 그러나?"

"하인들이 일르에 있긴 하지만, 도대체 믿을 수가 있어야지요! 1,200프랑짜리 다이아몬드니! 누군들 이상한 유혹이 들지 않겠어요. 게다가 일이 알려지면 사람들이 나를 얼마나 한심하게 생각하겠어요. 모두들 신났다고 나를 두고 '비너스 동상과 결혼했다'고 놀려 댈 겁니다. 제발 누가 가져가지나 말았으면 좋겠군요. 한 가지 안심이 되는 것은 그 우상을 사람들이 무서워한다는 것인데, 동상에 올라가서 손끝에 있는 반지까지는 못 가져갈 겁니다. 할 수 없죠. 다른 반지를 주는 수밖에."

시청과 성당에서 올린 두 번의 결혼식은 예의에 맞게 성대하게 잘 치러졌다. 퓌가리그 양은 파리식의 단순한 결혼반지를 받았고, 그녀의 약혼자가 더 큰 사랑

의 징표를 다른 여인에게 주었다는 사실은 전혀 눈치
채지 못하고 있었다.

식이 끝난 후 사람들은 식탁에 둘러앉아 먹고 마시
고 오랫동안 노래를 부르며 즐겼다. 행복에 겨워 주위
에 환한 빛을 퍼뜨리고 있는 신부를 보며 나는 얼마나
괴로웠는지 모른다. 하지만 신부는 내가 생각했던 것보
다 훨씬 더 의젓하게 신부로서 지켜야 할 것들을 잘 지
키고 있었다. 간혹 당황해하기도 했지만, 어리석은 행
동을 하지는 않았으며 짐짓 행복하다는 티를 내지도
않았다.

아마도 행동하기 어려운 입장에 처해 있었기 때문에
더욱 용기를 낸 것인지도 모른다.

오후 4시경이 되어서 점심은 끝이 났고, 사람들은
하나둘씩 일어나 멋진 정원을 산책하기 시작했다. 어떤
사람들은 명절 때 입는 옷을 차려입고 퓌가리그 사람
들이 풀밭에서 춤을 추는 모습을 바라보기도 했다. 상
황이 이렇게 되자 우리 남자들에게는 몇 시간 여유가
있었다. 하지만 여인네들은 신부 주위를 떠나지 않으며

신랑에게 받은 선물 꾸러미에 대한 호기심을 달래고 있었다. 이어 신부는 옷과 화장을 바꾸러 집 안으로 들어갔다. 다시 나온 그녀는 아름다운 머리 위에 보네트와 깃털 장식이 달린 모자를 쓰고 있었다. 흔히 보아 왔지만, 여자들은 결혼 전에는 할 수 없었던 부인들이 입는 옷과 장식을 얼마나 하고 싶어 하는지 모른다.

거의 저녁 8시가 다 되어서야 일르로 출발할 수 있었다. 그러나 한 가지 눈물 없이는 볼 수 없는 장면이 펼쳐졌다. 퓌가리그 양에게는 어머니나 다름없는 여인이었던 나이 많고 독실한 신자인 이모가 우리와 함께 일르로 떠날 수가 없었던 것이다. 처음에는 시집을 간 조카딸에게 신부의 의무와 기타 등등 여러 가지 이야기를 들려주는 것으로 시작했지만 이야기가 길어지면서 눈물바다가 되었고, 서로 끌어안고 눈물을 흘리다가는 다시 끌어안기를 아마도 수십 번은 했을 것이다. 이 이별 장면을 보고 있던 페레오라드 씨는 사비누스 여인들의 납치 사건이 떠오른다고 한마디 했다. 마침내 길을 떠난 우리는 슬픔에 잠겨 있는 신부의 마음을 달래서 어떻게 해서든 웃게 하기 위해 온갖 이야기를 들려주었지만 소용없는 일이었다.

일르에 도착하자 저녁 만찬이 우리를 기다리고 있었다. 얼마나 화려하게 차려진 식탁이었던가! 아침에 본 화기애애한 축제의 분위기도 나를 놀라게 했지만, 신랑 신부를 상대로 던지는 조금은 음탕하기도 한 농담들을 들으며 아침보다 더 놀라지 않을 수가 없었다. 모두들 식탁에 앉았다. 잠시 어디를 다녀왔는지 보이지 않던 신랑도 자리에 앉았다. 그러나 신랑의 표정은 납빛이 되어 있었다. 아니 차디찬 얼음 같았다. 화주만큼 강한 독주인 오래 묵은 콜리우르를 여러 잔 거푸 마셔 댔다. 바로 곁에 앉아 있던 나는 그를 만류하지 않을 수가 없었다.

"조심하게나. 술이란 옛말에도 있듯이······." 내가 한 충고란 것은 누구나 할 수 있는 명청한 것이었는지도 모른다.

그는 내 무릎을 탁 치며 낮은 소리로 말했다. "식사가 끝나면, 그때 선생님께 드릴 말씀이 있습니다."

그의 착 가라앉은 음성을 듣고 나는 깜짝 놀랐다. 주의 깊게 다시 그를 바라봤다. 그의 모습에 어딘지 이상한 변화가 일어난 것만 같았다.

"어디 불편한가?"

"아닙니다."

그는 말을 마치자마자 다시 술을 마시기 시작했다.

그러는 사이 소란스럽게 박수를 치고 노래를 부르는 사람들을 밀치고 식탁 밑으로 미끄러져 들어온 열한두 살 먹은 소년이 신부의 다리에서 막 잘라 낸 스타킹을 들고 나왔다. 스타킹을 묶는 하얀 바탕에 분홍색 무늬가 있는 끈이었다. 이른바 대님 놀이라고 부르는 것이었는데, 신부의 스타킹을 묶고 있던 그 대님은 그 자리에서 여러 조각으로 잘려 뿌려졌고, 역사가 오래된 몇몇 귀족가문에서 하는 대로, 남자들은 그것을 주워 각각 자신의 양복 윗주머니에 꽂았다. 신부는 이 광경을 보자 완전히 홍당무가 될 정도로 빨갛게 달아오른 얼굴을 두 손으로 가리고 말았다. 하지만 신부는 그날 얼굴이 더 빨개질 일을 하나 더 당했는데, 다름 아니라 시

아버지인 페레오라드 씨가 좌중을 진정시킨 다음 카탈루냐 말로 된 즉흥시를 한 편 읊었기 때문이다. 내가 잘 이해했는지는 모르겠지만 대충 다음과 같은 내용의 시였다.

"친구들이여, 어찌 된 일인가? 내가 마신 술이 사물을 둘로 보이게 하고 있는 걸까? 비너스가 둘이 있다네, 여기에는."

이 시를 듣자 신랑은 잔뜩 겁에 질린 얼굴로 갑자기 고개를 돌렸고, 사람들은 그런 그를 보자 모두들 큰 소리로 웃었다. 페레오라드 씨는 즉흥시를 계속 읊었다.

"우리 집 지붕 밑에는 비너스가 둘 있네. 하나는 내가 송로처럼 땅에서 캐낸 비너스요, 다른 또 하나의 비너스는 하늘에서 내려와 자신의 허리띠를 풀어 우리에게 나누어 준 비너스라네."

페레오라드 씨가 말한 허리띠는 스타킹 대님을 말하는 것이었다. 시 낭송은 계속되었다.

"아들아, 로마의 비너스와 카탈루냐의 비너스 중 마음에 드는 하나를 선택하거라. 사나이라면 카탈루냐 비너스를 가질 것이다. 그가 누릴 몫은 최고의 비너스인 것이다. 로마의 여신은 검고 카탈루냐의 여신은 희다. 로마의 여신은 차갑고 카탈루냐의 여신은 손을 대자마자 모든 것을 태워 버릴 정도로 뜨겁도다."

마지막 시구가 걸작이었는지, 모두들 환호성을 지르며 박수를 치고 웃음을 터뜨렸다. 어찌나 크게들 웃고 박수를 쳐 대는지 집이 무너지는 줄 알았다. 식탁에 둘러앉은 사람들 중에서 오직 세 사람만이 심각한 얼굴을 하고 있었는데, 신랑, 신부, 그리고 나 세 사람이었다. 나는 심한 두통을 느꼈고, 왜 남의 결혼이 늘 나를 슬프게 하는지 그 이유를 알 수가 없었다. 남이 결혼하는 것을 보면 나는 역겨운 느낌마저 들었다.

페레오라드 씨가 지은 즉흥시의 마지막 시구를 부시장이 다시 한 번 읊었는데 상당히 노골적인 것이었다. 그러고 나자 모두들 곧 침실로 들어가야 할 신부의 첫날밤을 축하하기 위해 거실로 몰려갔다. 거의 자정이 다 되어 가고 있었다. 알퐁스는 그때 내 소매를 잡아끌며 창가로 가 내 눈을 바로 보지 못하고 말을 했다.

"선생님이 지금 날 놀리시는 것은 아니겠죠. 난 지금 무슨 일이 일어났는지 도대체 모르겠어요. 마법에 걸린 것만 같아요! 악마가 든 것만 같다고요!"

그의 말을 듣는 순간 나는 몽테뉴와 세비녜 부인이 말한 바 있는 그런 종류의 불행에 알퐁스가 위협을 느끼고 있다고 생각했다. 그래서 세비녜 부인이 말한 대로, "사랑의 제국에는 비극적 이야기가 가득하다네"라는 말을 떠올리고 있었다.[6]

하지만 난 그런 종류의 일은 예민한 정신의 소유자들에게나 일어나는 일로 알고 있었다. 그래서 나는 알퐁스에게 다음과 같이 말했다.

"알퐁스, 자넨 오늘 콜리우르주(酒)를 너무 많이 마셨네. 아까 경고하지 않았나."

"예, 그러셨지요. 하지만 술 때문이 아니라, 더 심각한 일이라니까요."

그의 목소리는 중간 중간 끊겼다. 그래서 완전히 술에 취한 줄만 알았다.

"선생님은 제 반지를 잘 알고 있죠?" 이 말을 해 놓고 나서 한참을 조용히 있었다.

"잘 알고 있지. 그런데 누가 가져가기라도 했단 말인가?"

"아니요."

"그럼, 자네가 다시 가져왔겠군, 그래?"

"아니요, 아니요. 내가 아무리 그 악마 같은 비너스 손가락에서 반지를 빼내려고 해도 그 반지가 빠지질 않았단 말이에요. 빠지질 않았어요, 반지가."

"그랬군. 세게 잡아당기질 않은 모양이군."

"아니요. 있는 힘을 다해서 당겨 봤지요. 그런데 그 비너스가, 글쎄 손가락을 구부리더라고요."

그는 넋이 나간 사람처럼 나를 쳐다보았다. 그러면서 쓰러지려는 몸을 기대려는 듯이 창문 손잡이에 몸을 기댔다. 내가 말했다.

"지금 무슨 이야기를 하고 있는 겐가? 반지를 너무 깊이 집어넣었겠지. 내일 펜치를 들고 빼내 보세. 어쨌든 조각을 다쳐서는 안 될 테니까 말일세."

"아니에요. 그게 아니란 말입니다! 비너스가 손가락

을 뒤로 빼서 오므렸다니까요. 손을 오므렸단 말입니다, 청동 조각이! 아시겠어요? 내가 반지를 끼워 주었으니, 자기가 내 아내다 이거죠. 반지를 돌려주고 싶지 않다는 겁니다."

나는 갑자기 등골이 오싹했고 동시에 온몸에 소름이 돋는 것을 느꼈다. 하지만 알퐁스가 깊은 한숨을 내쉬자 역한 술 냄새가 훅 하고 코를 찔러 왔고 동시에 모든 것이 분명해졌다. 알퐁스는 술에 취해 있었던 것이다. 내가 느꼈던 두려움도 일시에 사라졌다. 신랑이 가련한 어조로 내게 말했다.

"선생님, 선생님은 고고학자시죠. 그러니 저런 조각에 대해서는 잘 아실 것 아닙니까. 동상 안에 용수철 장치나 아니면 뭔가 복잡한 장치 같은 것이 들어 있는 것은 아닐까요? 직접 가서 보실래요?"

"기꺼이 가 주지. 나와 함께 가겠나?"

"아닙니다. 선생님 혼자 가는 게 좋겠습니다."

나는 거실을 나섰다.

저녁을 먹는 사이 날씨가 변해 비가 억수같이 쏟아

지고 있었다. 우산을 부탁하려고 하다가 생각을 고쳐먹고 그 자리에 멈춰 서서 속으로 생각하며 나 스스로에게 말했다.

"이런 멍청한 사람. 술에 취해 한 이야기를 정말로 확인하려고 하다니! 어쩌면 알퐁스 그 친구가 나를 골려주려고 한 것인지도 모르는 일 아닌가. 순박한 시골 사람들에게 오랜만에 흥미로운 이야깃거리를 제공하려고 말이야. 어쨌든 그게 아니라 해도, 이렇게 억수같이 비가 쏟아지는데 밖에 나가면 너만 손해 아니냐. 뼛속까지 물에 젖어 들어올 거 아니냐. 보기 좋게 감기가 걸릴 거고."

문 앞에 서서 나는 비에 젖어 번들거리는 동상을 흘끗 바라보았다. 그러고는 거실을 거치지 않고 내 방으로 올라와 자리에 누웠다. 하지만 잠이 오질 않았다. 오늘 하루 동안 일어났던 일들이 눈앞에 파노라마식으로 펼쳐졌다. 문득 그토록 아름답고 순수한 처녀가 난폭한 취한에게 던져진 모습이 떠올랐다. 그러면서 속으로 생각했다. '정략결혼이란 정말 더러운 일이군!' 시장은 삼색 휘장을 몸에 걸치고 나타났고, 사제는 가슴 양쪽으로 흘러내리는 휘장을 목에 두르고 있었지. 그리고 이 세상에서 가장 순수한 처녀가 괴물 미노타우로스에게 먹이로 던져진 것이다! 서로 사랑하지 않는 두 존재는 이 순간 서로 무슨 말을 할 것인가? 그들의 삶을 포기하는 대가로 두 사람은 무엇을 얻는단 말인가? 여자는 거친 남자라는 것을 알았을 때에도 한 남자를 여전히 사랑할 수 있단 말인가? 첫인상이란 것은 쉽게 사라지지 않는 법이다. 그래서 확신한다. 이 알퐁스라는 인간은 분명히 여인의 미움을 살 만했고…….

나 혼자 속으로 중얼거리는 사이 집 안에서는 왔다 갔다 하는 소리가 들렸고, 문이 열렸다 닫혔으며 마차가 떠나는 소리도 들려왔다. 잠시 후에는 까치발을 한 여인네들이 계단을 올라와 내 방 반대쪽 복도 끝에 있는 신부의 방으로 몰려가는 소리도 들렸다. 신부를 방으로 인도하는 여인네들일 것이다. 잠시 후 다시 계단을 내려가는 소리가 들렸다. 페레오라드 부인의 방문이 닫히는 소리가 났다. 나는 속으로 생각했다. '가련한 처녀,

얼마나 괴롭힘을 당할 것인가, 얼마나.' 마음을 달랠 수 없는 나는 침대 속에서 몸을 뒤척였다. 결혼이 이루어진 한 집에서 한 청년이 어리석은 역할을 하고 있었다.

한동안 침묵이 흐르더니 계단을 올라오는 둔중한 발소리가 들렸다. 나무로 된 층계들이 크게 흔들리며 삐꺽거리는 소리가 났다. 나는 소리를 질렀다.

"웬 재수 없는 놈이야, 한밤중에! 계단으로 굴러 떨어져라!"

다시 모든 것이 조용해졌다. 나는 다른 생각을 하기 위해 책을 한 권 집어 들었다. 책은 다른 것이 아니라, 페레오라드 씨가 프라드 구의 드루이드교의 기념물에 관해 쓴 논문이 들어 있는 도의 통계연감이었다. 셋째 페이지를 넘기기도 전에 잠이 찾아왔다.

하지만 깊이 잠을 잘 수가 없었고 중간에 몇 번인가 잠을 깼다. 아침 5시경이었을 것이다. 나는 닭이 우는 소리를 듣고 한 20분 전부터 잠이 깨어 있었다. 날이 서서히 밝아오고 있었다. 그때였다. 다시 층계를 내려가는 그 둔중한 발걸음 소리가 들렸다. 그 발소리는 잠이 들기 전에 들었던 그 발소리였다. 조금 이상한 생각이 들었다. 궁금해진 나는 하품을 하며 알퐁스가 왜 이렇게 이른 아침에 일어났는지 알고 싶어졌다. 얼른 그 이유가 떠오르지 않았다. 하지만 다시 졸음이 찾아와 눈을 감았다. 그러나 바로 그때 나는 다시 이상한 발자국 소리를 듣고 신경이 곤두섰다. 발자국 소리에는 초인종 소리, 큰 소리를 내며 열리는 문소리가 섞여 있었고, 이어 사람들이 외쳐 대는 혼란스러운 소리들이 들려왔다.

그 술에 취한 사람이 어딘가에 불을 놓았을지도 모른다. 이런 생각이 들자 나는 펄쩍 일어나 침대에서 뛰어내렸다.

재빨리 옷을 입고 복도로 나왔다. 울음소리와 울부짖는 소리는 반대편 복도 끝에서 나오고 있었다. 귀를 째는 듯한 소리가 다른 소리들 속에서도 유난히 또렷하게 들려왔다. "내 아들! 내 아들!" 알퐁스에게 무슨 일이 일어난 것이 틀림없었다. 나는 신방으로 달려갔다. 방 안은 사람들로 가득했다. 방에 들어서자마자 반쯤 옷을 걸친 한 청년이 버팀목이 부러진 침대 위에 비스듬히 누워 있는 것이 먼저 눈에 들어왔다. 얼굴은 창백했고 아무런 움직임도 없었다. 어머니가 곁에서 울면서 아들 이름을 부르고 있었다. 페레오라드 씨는 바삐 움직이며 누워 있는 청년의 코에 소금을 갖다 대기도 하고 관자놀이에 쾰른수(水)를 발라 보기도 했다. 하지만 아들은 오래전에 이미 죽은 상태였다. 방에 있는 긴 의자 위에는 너무나 놀란 나머지 넋이 나가 버린 신부가 온몸을 부들부들 떨며 웅크리고 앉아 있었다. 신부는 몹시 흐느끼며 알아들을 수 없는 말을 하고 있었고, 두 하녀가 그녀의 몸을 감싸 안은 채 진정시키려고 노력하고 있었다. 순간 나는 입을 열었다.

"아니, 대체 무슨 일이 일어난 겁니까?"

나는 말을 하면서 침대로 다가가 청년의 몸을 일으켜 세웠다. 몸은 이미 굳은 채 차갑게 식어 있었다. 악다문 입과 검게 변한 얼굴이 얼마나 무서운 일을 겪었는지를 일러 주고 있었다. 격렬한 죽음이었고, 마지막으로 숨을 거둘 때는 너무나도 끔찍했을 것이었다. 그러나 이상하게도 옷에는 피 한 방울 묻어 있질 않았다. 그의 셔

츠를 걷어 내자 가슴에는 납빛 자국이 나 있었고, 자국
은 양쪽 옆구리를 따라 등까지 이어졌다. 마치 쇠로 만
든 큰 링 같은 것에 짓눌린 것만 같았다. 그러다 나는
발밑의 양탄자에서 뭔가가 걸리적거리는 것을 느꼈다.
몸을 숙여 보니 다이아몬드가 박혀 있는 반지였다.

　나는 페레오라드 씨와 부인을 그들의 방으로 데리고
갔다. 그리고 나서 신부도 데리고 왔다.

　"아직 며느리는 살아 있습니다. 이 며느리를 잘 보살
피십시오." 나는 그들을 놔두고 방을 나왔다.

　의심할 여지없이 알퐁스는 살해당한 것이었고, 살인
자들은 한밤중에 신방으로 들어가는 방법을 알고 있는
자들이었다. 하지만 가슴에 난 압흔의 흔적과 그 흔적
이 등까지 둥글게 난 것 등을 고려할 때 나는 의구심이
들었다. 몽둥이나 철판 같은 것으로는 그런 흔적을 남
길 수가 없었기 때문이다. 그때 문득 어디선가 들은 이
야기가 떠올랐다. 발랑스에서는 부랑아들이 사람을 죽
일 때 긴 가죽 부대에 잔모래를 잔뜩 넣어 그것으로 사
람을 내리쳐 죽인다고 했다. 이어 나는 노새를 팔러 다

니는 아라곤 사람과 그가 나지막이 뱉어 댔던 위협을 떠올렸다. 하지만 경기에서 지고 아무리 모욕적인 말을 들었다고 해도 그것이 이유가 되어 이런 끔찍한 복수를 저질렀다고는 생각할 수 없는 노릇이었다.

나는 집으로 가 침입한 흔적을 샅샅이 찾아보았지만 아무런 흔적도 없었다. 나는 정원으로 내려가 살인자가 정원 쪽으로 들어왔는지를 살펴보았다. 하지만 정원에서도 아무런 흔적을 찾을 수가 없었다. 게다가 지난 밤 억수같이 내린 비 때문에 정원은 흠뻑 젖어 있어서 어떤 흔적도 남아 있을 수가 없었다. 그런데 너무 깊은 자국이어서 그랬는지 깊이 파인 발자국이 몇 개 보였다. 서로 반대 방향으로 난 발자국들이었는데, 스카시 경기장과 붙어 있는 산울타리에서 시작해 집의 대문 쪽으로 난 방향은 동일했다. 이 발자국은 알퐁스가 동상의 손가락에 끼워 놓았던 반지를 찾으려고 가면서 남겨 놓은 것임에 틀림없었다. 한편, 산울타리의 이 부분만이 유난히 다른 데보다 나무가 성글게 심어져서 살인자가 울타리를 넘어왔다면 이 부분을 이용했을 것 같왔다. 동상 앞을 몇 번이나 왔다 갔다 하다가 나는 잠시 동상을 보기 위해 걸음을 멈추었다. 이번에도 고백하면 나는 그 비웃는 듯한 사악한 표정을 보면서 끔찍한 공포를 억누를 수가 없었다. 방금 전에 보았던 무서운 장면들이 아직도 머릿속에 가득한 상태에서 나는 그 조각을 바라보면서 마치 이 집을 덮친 큰 불행에 박수를 보내고 있는 듯한 지옥의 여신을 보는 것만 같았다.

나는 내 방으로 돌아와 정오까지 방 안에 있었다. 정오가 지나 방을 나온 나는 집주인 내외의 소식을 물었다. 두 사람 모두 많이 진정을 되찾고 있다고 했다. 퓌가리그 양, 아니 이젠 알퐁스의 미망인이라고 불러야 할 그 가엾은 여인도 제정신으로 돌아왔다. 그녀는 마침 지방 순시 중이던 페르피냥 왕립 검찰의 검사에게 사건의 자초지종을 일러 주었고, 검사는 그녀의 증언을 청취했다. 검사는 내게서도 증언을 들었다. 나는 알고 있는 것을 모두 말했고, 아라곤 남자를 의심하고 있다는 말도 했다. 검사는 그를 당장 잡아오라고 명령을 내렸다. 나는 내 증언이 모두 기록되고 서명을 마치자 검사에게 물었다.

"알퐁스 부인에 대해 뭔가를 좀 알아낸 것이 있습니까?" 검사는 씁쓸한 미소를 지으면서 대답했다.

"그 불행한 여인은 미쳐 버렸어요. 완전히 미쳤어요. 그녀의 이야기를 들어 보실래요? 잠자리에 누워 있었답니다. 커튼이 쳐진 상태에서 그렇게 몇 분이 지났는데, 문이 열리면서 누군가가 들어왔답니다. 신부는 그게 신랑인 줄 알고 자리에서 일어나 얼굴을 벽 쪽으로 돌리고 두 침대 사이에 앉아 꼼짝도 하지 않고 있었답니다. 잠시 후 침대가 마치 육중한 어떤 물건에 눌린 듯이 소리를 내며 가라앉았대요. 그녀는 겁이 덜컥 났지만 무서워서 고개를 돌릴 수가 없었대요. 그렇게 5분인가 10분인가가 지났어요. 그녀는 얼마나 그러고 있었는지 기억을 잘 하지 못했어요. 그러나 신부는 자기도 모르는 사이에 조금 움직였는지 아니면 침대에 누운 그 무거운 무엇인가가 움직였는지, 아무튼 그녀의 말을 그대로 옮기면, 뭔가 얼음같이 찬 것이 그녀의 몸에 닿는 것이 느껴졌대요. 그녀는 온몸을 부들부들 떨며 두 침대 사이로 난 좁은 간격으로 떨어졌답니다. 잠시 후 문이 다시 열리면서 누군가가 들어와서는 '안녕, 내 귀여운 아내'라고 말을 했답니다. 곧이어 커튼을 치는 소리가 들렸고 숨이 막히는 소리를 들었답니다. 그녀 옆에 있는 침대에 누워 있던 사람이 침대에서 일어나 앉더니 두 팔을 앞으로 뻗었대요. 고개를 돌려 보니 그녀의 남편이 머리는 베개 높이에 두고 침대 곁에 무릎을 꿇고 앉아 푸른빛이 나는 거인같이 생긴 여인의 팔에 안겨 있었대요. 그 거대한 여인이 남편을 있는 힘을 다해 끌어안았답니다. 신부는 몇 번이나 같은 이야기를 했어요. 불쌍한 여인입니다. 그녀가 나한테 뭐라고 했는지 아세요? 알아맞혀 보세요. 글쎄, 그 거대한 여인이 청동으로 만든 비너스라나요. 페레오라드 씨의 그 비너스였다고 합디다. 그 비너스가 이 마을에 들어온 이후 모든 사람이 그 꿈을 꾸었다고 하더군요.

어쨌든 여기까지가 그 불쌍한 미친 여자가 들려준 이야기입니다. 이 광경을 본 그녀는 의식을 잃었고 아마 그때부터 미치지 않았나 싶어요. 그녀는 얼마 동안이나 기절해 있었는지 기억하질 못해요. 제정신이 돌아왔을 때도 그녀는 환상을 보고 있었어요. 혹은 그녀 자신의 말에 따르면 동상을 본 것인데, 그 동상은 두 다리와 하체는 침대에 있고 두 팔과 상체는 일으켜 세운 채로 두 팔 사이에는 남편을 꼭 끌어안은 그 상태로 꼼짝도 하지 않은 채로 그렇게 있었답니다. 그러다가 닭이 우는 소리가 들리자 동상은 침대에서 일어나 시체를 내려놓고는 방을 나갔다고 합니다. 그때서야 부인은 있는 힘을 다해 초인종 줄을 잡아당긴 것이고 그 이후 일은 선생도 잘 아실 겁니다."

스페인 사람이 잡혀 왔다. 그는 침착했고 냉정하고도 기지에 찬 말로 자신을 변호해 나갔다. 그는 내가 엿들은 위협의 말도 자신이 그런 말을 중얼거린 적이 있다고 털어놨다. 그 사람의 이야기인즉, 자신은 다른 것이 아니라 당장 오늘이라도 경기를 다시 하면 이길 수 있다는 뜻으로 그렇게 말했다는 것이다. 나도 그가 한 말을 기억하고 있었다. "아라곤 사람은 모욕을 당하면 복수를 하기 위해 내일까지 기다리지 않는다. 알퐁스가 나를 정말로 모욕했다고 생각했다면 나는 그 자리에서 칼로 그를 찔러 죽였을 거요."

정원에 나 있는 발자국과 그의 구두를 비교해 보았다. 그의 구두가 훨씬 크다는 결론이 나왔다. 게다가 그가 묵고 있던 여관 주인이 증인으로 나타나 그는 사건이 일어나던 그날 밤 병든 노새를 치료하기 위해 내내 노새를 만져 주고 약도 먹이면서 노새 곁에 있었다고 했다.

게다가 그 아라곤 사람은 매년 장사를 위해 마을에 들러서 마을 사람들이라면 다 알고 있었고 평판도 좋았다. 그래서 미안하다고 하면서 그를 풀어주었다.

하마터면 마지막으로 알퐁스가 살아 있는 것을 본 하인의 증언을 잊어버릴 뻔했다. 알퐁스는 막 신방으로 올라가려고 하면서 그 하인을 불러 걱정스러운 모습으로 내가 어디에 있는지를 물었다고 했다. 하인은 나를 못 봤다고 대답했다. 그러자 알퐁스는 한숨을 내쉬며 한 1~2분 정도 우두커니 그 자리에 서 있었다고 한다. 그러더니 "제기랄! 악마가 그 사람도 데려가 버렸단 말인가!"라고 말했다고 한다.

나는 하인에게 알퐁스가 그때 다이아몬드 반지를 끼고 있었는지 물어봤다. 하인은 잠시 머뭇거리더니 다이아몬드 반지는 못 본 것 같은데, 어쨌든 그런 것에는 신경을 쓰지 않았다고 말했다. 그러더니 자신의 말을 약간 뒤집는 듯한 말을 했다. "만일 그때 반지를 끼고 있었다면, 아마 내 눈에 띄었을 겁니다. 왜냐하면 난 알퐁스 부인에게 반지를 주었다고 알고 있었으니까요."

하인에게 질문을 하면서 나는 알퐁스 부인이 온 집안에 퍼뜨린 약간 미신적인 두려움을 느꼈다. 왕실 검사는 미소를 지으며 나를 바라보았고 나는 말을 하고 싶었지만 참았다.

알퐁스의 장례식이 끝나고 몇 시간이 지나자 나는 일르를 떠날 채비를 했다. 페레오라드 씨의 마차가 나를 페르피냥까지 데려다 주기로 되어 있었다. 이 가련한 노인은 약한 몸에도 나를 자신의 정원 정문까지만이라도 데려다주겠노라고 했다. 그는 내 한 팔에 기댄 채 거의 몸을 끌다시피 하며 아무 말 없이 나와 함께 정원을 가로질러 갔다. 헤어질 때가 되자 나는 마지막으로 비너스를 바라보았다. 그러면서 나는, 비록 집주인이 비너스에 대해 다른 사람들이 품고 있는 공포나 증오 같은 것을 갖고 있지는 않았지만, 끔찍한 사건을 떠올리게 하는 그 비너스를 언젠가는 부숴 버리든지 녹여 버리든지 할 것만 같았다. 그때 나는 비너스를 박물관 같은 곳에 갖다 주라고 집주인에게 말하고 싶었다. 하지만 그가 비너스를 바라보고 있는 것을 보자 그런 말을 하기가 망설여졌다. 비너스를 바라보던 그의 두 눈에서는 눈물이 주르륵 흘러내렸다. 나는 그와 작별 인사를 나누었고, 아무 말도 꺼내지 못 한 채 마차에 올랐다.

일르를 떠난 후 나는 어떤 새로운 사실이 드러나 그곳에서 일어났던 그 수수께끼 같은 사건의 전모가 밝혀졌다는 소식을 아직도 듣지 못했다.

페레오라드 씨는 아들이 죽은 지 몇 달 뒤에 숨을 거두었다. 그가 남긴 유언대로 그가 쓴 원고들이 내게 전해졌고, 나는 언젠가 그것을 세상에 책으로 펴낼 생각이다. 그의 원고 속에는 비너스에 새겨져 있던 글귀에 대한 아무런 언급도 없었다.

(추신)

내 친구인 P가 페르피냥에서 방금 전에 편지를 한 통 보내왔는데, 비너스 조각이 사라졌다고 한다. 부인은 남편인 페레오라드 씨가 숨을 거둔 후 가장 먼저 그 청동 비너스를 녹여 종을 만들었다고 한다. 이제 비너스는 종으로 새롭게 태어난 것이다. 하지만, P는 덧붙이기를, 그 청동 조각을 가진 사람들에게는 불운이 따라다니는지, 비너스를 녹여 만든 종이 일르에 울려 퍼지면서부터 포도밭이 두 번이나 서리에 얼어붙어 그만큼 흉작이 들었다고 한다.

옮긴이 후기

19세기에 활동한 프랑스 작가 프로스페르 메리메 (Prosper Mérimée, 1803~1870)는 우리에게 비제의 오페라로 널리 알려진 『카르멘(Carmen)』(1845)의 원작자이다. 『카르멘』은 최근에는 영화로도 제작되었다. 1803년에 태어나 어린 시절을 나폴레옹 시대에서 보낸 메리메는 당시 많은 예술가, 시인, 작가 들과 마찬가지로 격렬한 낭만주의의 물결 속에서 청년 시절을 보냈다. 당시 메리메는 빅토르 위고, 스탕달, 알렉상드르 뒤마 페르 등과 친교를 나누며 문학 모임에도 참석하곤 했고, 20살 연상의 스탕달과는 함께 여행을 하기도 했다.

『마테오 팔코네』와 『타망고』를 발표한 1829년은 프랑스의 7월혁명이 일어나기 1년 전이었다. 나폴레옹의 제정에 이어 왕정복고가 이루어진 프랑스의 답답하고 억압적인 사회에 반기를 든 7월혁명은 당시 젊은 작가들과 예술가들에게는 새로운 시대를 약속하는 일대 사건이었다. 그러나 당시 막 발달하기 시작한 자본주의 사회의 주 세력으로 등장한 부르주아 계급은 과격한 혁명이 불러온 감당하기 어려운 상황을 자신들에게 유리하게 조정하기 위해 시민왕이라는 이름을 붙여 옛 왕족인 루이-필립을 왕으로 옹립하고 말았다. 이 사건 이후 나폴레옹과 왕정복고 당시 낭만주의라는 사조에 몸을 담았던 많은 젊은 작가들은 장년의 나이가 되었고, 자연히 작품 경향도 보수적인 색채를 띠게 되었다. 메리메는 이러한 시대의 흐름을 가장 잘 반영한 작가다.

실제로 메리메는 낭만주의 시인, 작가들과 어울리면서도 "낭만주의적 고전주의자"라고 불릴 정도로 간결한 언어와 빼어난 구성을 보이는 작품들을 발표해 낭만주의 시대에도 타고난 고전적 취향을 견지하고 있었다.『마테오 팔코네』는 오랫동안 자신의 스타일을 찾던 메리메가 발표한 첫 번째 성공작인데, 그의 고전적 취향을 잘 일러주는 뛰어난 단편으로 뒷날의 모파상을 예고하는 작품으로 평가받고 있다.

『마테오 팔코네』의 줄거리는 매우 간단하다. 사나이라면 의당 지켜야 할 의리를 저버린 어린 아들을 처형하는 비정한 아버지의 이야기이다. 이런 줄거리는 메리메가 순수하게 창조해 낸 것이 아니라, 당시 프랑스 영토가 된 코르시카 섬에 관한 다양한 문헌들에서 가져온 것이다. 이런 이유로 많은 이들은 10살 된 어린 아들을 총으로 쏴 죽이는 대목을 허구적인 소설 작품 속에 등장하는 상징적 장면으로 보지 않고 단지 코르시카 섬의 야만적인 풍습을 묘사한 장면으로만 보려고 했고, 또 줄거리의 출처를 모르는 이들은 이 잔인한 장면을 메리메의 순수한 창작으로 간주하면서 비정한 주인공을 작가와 동일시 하며 질책하기도 했다.

그러나 줄거리가 자료에서 얻어온 것이든 아니면 순수한 작가의 상상력에서 나온 것이든『마테오 팔코네』에서 진정으로 중요한 것은 이런 줄거리 자체가 아니라, 어린 아들을 죽이는 비정한 장면을 통해 작가가 드러내려고 하는 모종의 초월적인 도덕적 관념이다. 여기서 작가가 드러내려는 초월적인 도덕적 관념이란 다름 아니라 "인간은 비열하게 살아서는 안 된다"는 것이다. 한낱 은시계의 유혹에 넘어가 자신이 숨겨준 사람을 밀고하는 어린 아들을 처형하는 장면을 통해 "인간은 비열하게 살아서는 안 된다"는 메시지가 전해지고 있지만, 이것은 상징성을 띤 한 예에 지나지 않을 것이다. 관념적인 대의명분을 위해 사적인 것을 희생하는 정신은 거의 종교적인 것에 가까운데, 메리메가 낭만주의 시대의 작가였음을 잘 일러주는 것이다. 그러나 작품은 사랑하는 아들을 자신의 손으로 처형하는 장면을 장황하지 않은 간결한 언어로 묘사하고 있다. 이는 메리메가 17세기에 형성된 프랑스 고전주의의 전통을 계승하고 있는 작가임을 일러준다.

'인권'이 의심할 수 없는 보편적 가치로 자리 잡은 오늘날의 작가였다면 유혹에 넘어간 아들을 본 마테오 팔코네의 행동을 어떻게 처리했을까? 아들이 아버지의 소유물이 아닐진대, 어린 아들은 아들대로 한 사람의 존엄한 인간인데, 고귀한 생명인데, 아버지가 아들을 어떻게 죽일 수 있단 말인가? 그것도 철부지 나이의 어린이가 아닌가? 그런 비정한 아버지가 어떻게 있을 수 있단 말인가? 그것은 '아버지'라는 이름을 더럽히는 '야만'일 뿐이다. 그런 까닭에 오늘의 작가라면 아마도 아버지의 행동을 그렇게 처리하지는 않을 것이다. 자식을 잘못 가르친 자신의 탓으로 돌려 단식을 하든지, 극단을 좋아하는 작가라면 스스로 목숨을 끊어 자식의 죄를 대신 속죄하는 쪽으로 결말을 낼지도 모른다. 아니면 어린 아들이 자신의 잘못을 깨닫고 고결한 인간으로 성장해 숭고한 자기 희생을 통해 지난날의 잘못을 속죄하는 쪽으로 처리할는지도 모른다. 사람은 누구나 잘못을 저지를 수 있으며, 그 과오를 뉘우치고 자신을 바로잡아 새로운 인간으로 탄생할 수 있는 가능성을 지니고 있기 때문이다.

아무튼 메리메의 이 작품은 자기 손으로 어린 아들을 죽이는 비정한 아버지의 한 모델을 보여 줌으로써

자녀를 자신의 소유물로 보는 부모들에게 자신을 돌아보게 하는 반성의 경종을 울려주는 동시에, 다른 한편으로는 무엇이 인간의 참된 도덕률이냐라는 질문을 단편소설의 형식을 통해 함께 던져 주고 있는지도 모른다. 그런 점에서 이 작품은 부모와 자녀의 관계, 인간 생명의 존엄성, 정의와 용기, 참된 도덕 등 여러 주제에 대해 토론할 수 있는 재료를 제공해 주고 있다고 볼 수 있다.

『마테오 팔코네』와 같은 해에 발표된 『타망고』는 당시 지식인들과 예술가들이 강력하게 반대하던 노예무역의 잔혹한 실상을 묘사하고 있다. 노예선에 대한 묘사는 물론이고, 노예의 몸값이나 사략선에 관련된 에피소드들은 모두 당시 발표된 각종 자료들에서 가져온 것들이다.

유럽이 아닌 아프리카를 무대로 하고 있는 이 작품은 낭만주의의 한 요소인 이른바 이국 취향이 잘 반영된 작품이다. 메리메는 『타망고』에서 그러나 단순히 아프리카 흑인들의 무지몽매한 상황이나 백인들의 잔혹

테오도르 제리코, 〈메두사호의 뗏목〉.

한 노예무역의 실상만을 보여 주는 것이 아니라, 양자 모두에게 시니컬한 시선을 던지고 있다. 작가는 르두 선장이 선상반란을 일으킨 흑인 노예들에 의해 죽임을 당하는 장면을 통해 백인들의 노예무역을 질타하면서도, 한편으로는 동족인 흑인들을 노예로 팔아넘기고 급기야는 백인 군악대원이 되었다가 독주에 취해 죽음을 맞고 마는 타망고를 통해서는 흑인들의 어리석음을 있는 그대로 보여주고 있다. 그래서 흔히 『타망고』를 많은 이들이 객관적 시선으로 현실을 묘사한 사실주의 작품으로 간주하곤 한다.『타망고』는 1819년에 살롱전(展)에 출품되어 큰 반향을 불러일으킨 낭만주의 화가 제리코의 회화 〈메두사호의 뗏목〉으로부터 많은 영향을 받은 작품이기도 하다.

마지막 작품인『일르의 비너스』는 1845년에 발표된 작품으로『마테오 팔코네』,『타망고』와는 전혀 다른 계열에 속하는 작품이다. 메리메는 화가로서 프랑스 국립 미술학교인 에콜 데보자르의 관리를 지낸 아버지 덕택에 미술 공부를 할 수 있었고, 1830년대 중반부터는 여러 관직을 거친 후 마침내 자신이 원했던 문화재청에서 일을 할 수 있었다. 당시 메리메는 유명한 건축가로 특히 고딕 건축물의 복원에 탁월한 식견을 가지고 있었던 비올레 르 뒤크와 함께 프랑스 전역을 방문하며 많은 기념물을 조사하고 복원했다.

프랑스 남쪽 지방의 한 작은 마을인 일르에서 일어난 기괴한 살인 사건을 줄거리로 삼고 있는『일르의 비너스』는 이처럼 문화재청에서 일했던 작가 메리메의 경험이 잘 드러난 작품이다. 그러나 이 작품은 동시에 이른바 환상 소설로 분류되는 특이한 장르에 속하는 작품이기도 하다. 이런 면에서도 모파상 등에게 많은 영향을 끼쳤다.

과연 청동 조각인 비너스 상이 알퐁스를 죽였을까? 작가는 이 질문에 답을 하지 않은 채 작품을 끝내고 만다. 이 답은 독자 스스로 찾아야만 한다.

비너스는 서구 회화사에서 가장 많이 묘사된 신화적 인물이다. 실존했던 인물이 아니라 신화 속의 한 인물이면서도 가장 신비한 인물이다.『일르의 비너스』를 이해하기 위해서는 어쩌면 비너스와 관련된 신화인 피그말리온 신화를 참조할 필요가 있을 것이다. 자신이 조각한 여인상에 반한 나머지 피그말리온은 여신 비너스에게 자신의 조각을 살아 있는 여자로 만들어 달라고 기도한다. 여신은 피그말리온에게 조각과 입맞춤을 하라고 지시했고, 그 지시대로 입을 맞추자 조각은 살아 있는 여자로 변해 두 사람은 결혼했다.

소설『일르의 비너스』에서 알퐁스는 비너스의 손에

약혼반지를 끼워 주었다. 이 행위는 신화 속에서 조각에 입을 맞추는 행위와 같은 의미를 지닌다. 즉 우연의 일치이지만 어쨌든 알퐁스로부터 결혼반지를 받은 사람은 비너스였던 것이다. 알퐁스는 시간에 쫓긴 나머지 비너스 상의 손에 잠시 끼워 놓았던 결혼반지를 잊어버린 채 결혼식에 참석했고, 정작 자신의 진짜 신부에게는 다른 반지를 끼워 주고 말았다. 그러니 신방에 들어와 신랑과 함께 자야 할 여인도 비너스여야만 했던 것이다.

비너스는 서양에서는 종종 기독교의 성모 마리아와 혼동할 정도로 순수한 미와 사랑의 여신으로 추앙받기도 했다. 특히 르네상스 당시 이탈리아 피렌체에서 그려진 산드로 보티첼리의 〈비너스의 탄생〉에 등장하는 비너스는 이러한 기독교와 그리스 신화의 조화를 나타내는 작품이다. 메리메는 그의 소설 『일르의 비너스』마지막 장면에서, 비너스를 녹여 만든 성당의 종이 여전히 마을에 저주를 내려서 농사를 망치게 했다고 적고 있다. 말하자면 『일르의 비너스』는 백색의 대리석으로 만든 순수한 미의 여신이 아니라, 작품이 일러주듯이 저주를 내리는 검은 비너스인 셈이다.

비너스는 사실 이중적 성격을 지니고 있다. 미와 사랑과 다산의 의미를 지니고 있지만 동시에 남자를 유혹해 타락하게 하고 파멸에 이르게 하는 요부의 이미지도 갖고 있다. 이것이 바로 팜므 파탈(femme fatale)의 이미지인데, 메리메는 고대 조각의 수려한 아름다움을 드러내는 이교적인 비너스 상들에게서 이런 이미지를 본 것이다. 미학적으로 더할 나위 없이 빼어난 그리스 조각들은 조각을 보는 사람을 끌어들이는 야릇한 매력을 갖고 있는데, 이 매력은 살아 있는 인간에게서는 느낄 수 없는 초월적인 것이지만 동시에 기독교의 성모에게서는 느낄 수 없는 유혹과 파멸로 인도하는 음산하고 위험한 매력이기도 하다.

1820년대에 그리스의 멜로스 섬에서 출토된 유명한 〈밀로의 비너스〉가 메리메가 살았던 시대에 파리 루브르 박물관에 들어왔다. 비슷한 작품들이 프랑스 남부의 아를에서도 출토되었고, 프랑스에는 자연히 비너스 바람이 불었었다. 고고학에 관심이 많았고 문화재청에서 일했던 메리메로서는 고대 그리스의 지고의 미를 내뿜는 비너스에게 매혹당했던 경험이 있었고, 이 경험이 『일르의 비너스』를 쓰게 했다. 알퐁스를 끌어안아 죽인 비너스는, 그러므로 초월적인 아름다움으로 메리메를 유혹했던 비너스였을 것이다. 소설 『일르의 비너스』는 이렇게 보면 유미주의의 선구적인 작품으로 볼 수 있다.

메리메의 세 작품을 번역하면서 원본으로는 가장 권위 있는 판본인 라플레이드판 전집을 사용했다.

Mérimée, *Théâre de Clara Gazul, Roman et Nouvelles*, Edition établie, présentée et annotée par Jean Mallion et Pierre Salomon, La Pléiade, Paris, Gallimard, 1978.

주(註)

마테오 팔코네

1) 원서에는 '18...년'으로 되어 있다.

2) 일반적으로 방디(bandit)는 산적이나 의적을 뜻한다.

3) 나폴레옹 황제의 고향이기도 한 코르시카 섬은 옛날에는 프랑스 영토가 아니었다. 소설의 사건이 일어나던 당시 코르시카 섬에서 "프랑스 인에 지나지 않는다"라고 말하면, 이 말은 프랑스 인으로 대표되는 모든 외지인에 대한 경멸의 표현이었다.

타망고

1) 배의 운행 방향을 조절하는 키를 다루는 선원.

2) 트라팔가 해전은 1805년, 유럽과 아프리카 대륙 사이의 지브롤타 해협 트라팔가 곶에서 영국군과 프랑스-스페인 연합군 사이에 벌어진 해전이다. 넬슨 제독이 이끄는 영국이 승리했다.

3) 사략선은 정부로부터 적의 배들을 공격하고 나포할 권리를 인정받은 민간 선박을 말한다. 군함이 모자랄 때 흔히 사용되었으며, 종종 해적선도 이런 권리를 부여받곤 했다. 서구 열강들이 대양으로 진출하기 시작한 16, 17세기에 많이 성행했고, 20세기 초에 금지되었다.

4) 순양함은 넓은 해역을 고속으로 돌아다닐 수 있는 군함으로, 항공모함보다는 작지만 구축함보다는 크다.

5) 차꼬는 큰 죄를 지은 죄인의 두 발목을 채우던 긴 나무토막을 말한다.

6) 에퀴(Ecu)는 19세기 프랑스에서 사용되던 금화나 은화의 단위로 은화 1에퀴는 5프랑 정도에 해당된다.

7) 〈시칠리아의 대학살〉은 1819년에 공연된 카지미르 들라비니의 비극 작품. 저녁 예배를 알리는 종소리를 신호로 하여 프랑스의 식민 통치를 받고 있던 시칠리아 인들의 반란을 그린 작품이다. 소설가는 흑인 노예들의 반란을 암시하고 있다.

8) 마마-좀보는 아프리카 미신이 만들어 낸 귀신의 이름이다. 소설가 메리메는 1800년에 프랑스 어로 번역된 멍고 파크(Mungo Park)의 책 『아프리카 여행기』를 읽고 이 삽

화를 소설에 인용했다. 마마-좀보란 간음한 여인을 가려내 만인이 보는 앞에서 벌을 주기 위해 흑인 사회에서 거행하던 일종의 의식 속에 등장하는 탈을 쓴 심판자의 이름이다.

9) 마리티니크는 서인도 제도의 동부에 자리 잡고 있는 소 (小) 안티유(영어 이름은 앤틸리즈) 제도의 화산섬으로, 면적은 1,102㎢, 인구는 약 320만 명이다. 17세기부터 프랑스와 영국의 식민지 쟁탈에 끊임없이 시달리다 1815년 프랑스령으로 확정되었고, 2차 세계대전 이후인 1946년에는 프랑스의 해외 도로 편입되었다. 설탕과 바나나 등의 농산물과 관광이 주 수입원이고, 인구는 아프리카계 흑인이 대부분이며, 백인은 거의 프랑스 인들이다.

10) 흑인들은 흔히 백인들이 조정하는 큰 범선을 신이 움직이는 것으로 여겼다. 특히 나침반을 보거나 호루라기를 불거나 혹은 키를 돌리는 등 이해할 수 없는 선원들의 행동을 지켜본 타망고 일당에게 배는 백인들의 신이 움직이는 어떤 성스러운 물체였을 것이다.

11) 마리우스 코리올라누스는 기원전 490년에 대승을 거

둔 로마 장군이다. 자신을 몰아낸 자들을 무찌르기 위해 전국과 손을 잡은 그는 로마를 포위했을 때 수많은 애원에도 꿈쩍하지 않다가 부인과 어머니의 애원을 듣고 로마 정복을 단념한다. 셰익스피어도 이 장군을 모델로 극을 썼고, 많은 화가들이 모델로 즐겨 다루었다. 1827년 로마 대상을 수상한 화가 뒤프레의 그림 "코리올란"(코리올라누스의 프랑스식 이름)을 잘 알고 있었던 작가 메리메는 이 이야기를 타망고 이야기와 연결시키고 있다.

12) 작가 메리메는 모리엥의 책 『아프리카 내륙 여행기』(1820)를 참고하고 있다. "이 흑인들은 유럽인들이 모두 물 위에서 사는 것으로 알고 있다. 그들이 보기엔 백인들은 집도 없고 땅도 없이 늘 배를 타고 사는 것이었다."

13) 여기서 작가 메리메는 은연중에 제리코의 유명한 작품 〈메두사호의 뗏목〉을 암시하고 있다. 1819년 살롱 전람회에 〈난파 장면〉이라는 밋밋한 제목을 달고 출품된 이 작품은 당시 대단한 물의를 일으켰다. 왜냐하면 이 그림의 소재가 된 난파란 실제로 있었던 사건을 다룬 것

이었기 때문이다. 선원 149명을 태운 프랑스의 프리키드 함 '라 메두즈'호는 1816년 아프리카의 세네갈 연안에서 난파를 당해 12일 동안 선원 수십 명이 뗏목에 의존한 채 바다를 떠다니다 인근을 지나던 '아르귀스'호에 발견되어 겨우 15명만이 살아남게 된다. 이들은 오줌을 마시고 인육까지 먹었을 정도로 갈증과 굶주림에 시달렸다. 이런 이유로 제리코의 작품은 당시 거센 비난을 받기도 했다. 하지만 이 작품은 회화사에서 흔히 낭만주의의 문을 연 최초의 작품으로 평가받을 정도로 훌륭한 걸작이었고, 1825년 루브르 박물관이 구입해 지금까지 루브르 프랑스 회화실의 가장 값진 그림으로 관람객들을 맞고 있다.

14) 킹스턴은 자메이카에서 가장 규모가 큰 항구이다.

15) 타피아 주는 사탕수수의 당밀에서 추출한 주정으로 제작되는 독주를 말한다. 이보다 상품의 술인 럼주는 타피아를 원료로 제조된 증류주, 즉 브랜디이다.

1) 스카시는 네 벽이 막힌 상태에서 두 사람이 작은 공을 쳐 공을 못 받으면 점수를 잃는 게임이다.

2) 오드콜로뉴는 독일 쾰른에서 나는 광천수인데, 쾰른을 프랑스 어로 콜롱이라고 한다. '오'는 불어로 물을 뜻한다. 나폴레옹 황제 이후 유명해진 화장수이다. 한국에서는 영어식으로 발음을 해 오데코롱으로 알려져 있다.

3) Tyr는 현재의 레바논 도시인 수르(Sour)이다.

4) 발이나 벨은 모두 고대 페니키아와 카르타고 사람들이 경배하던 최고의 신을 지칭하는 말들이다.

5) 태양계의 금성, 일주일 중 금요일을 나타내기도 하는 비너스는 비둘기를 자신의 상징으로 삼았다. 비너스를 그린 그림에는 늘 비둘기가 등장한다.

6) 16세기의 작가인 몽테뉴와 17세기 귀부인으로 서한집을 남긴 세비네 부인은 각각 자신들의 경험을 통해 사랑에 빠진 이들이 갖게 되는 몽상과 그 상태가 심해져 헛것을 보는 일에 대해 이야기를 한 바 있다.

옮긴이 **정장진**

고려대학교 불문과와 같은 대학 대학원을 졸업하고, 파리 4대학과 파리 8대학
에서 박사학위를 받았다. 성균관대학교 문화연구과정 겸임교수를 지냈고, 현
재 고려대학교 불어불문학과에 출강 중이다. 다양한 매체에 미술과 문학 관련
글을 기고하며 문학, 미술 평론가로 활동하고 있다. 지은 책으로『두 개의 소설,
두 개의 거짓말』,『영화가 사랑한 미술』,『문학과 방법 - 한국 소설의 무의식』등
이 있다. 옮긴 책으로는『예술, 문학, 정신분석(프로이트 전집 14)』,『예술과 정
신분석(프로이트 전집 17)』,『오이디푸스』,『뉴욕 스케치』,『브레히트의 정부』,
『예술이란 무엇인가』,『빅토르 위고의 유럽 방랑』등이 있다.

그린이 **최수연**

일러스트레이터.
현재 신문, 잡지 등 여러 매체에서 일러스트를 그리고 있으며, 소설과 어린이 책
등 많은 단행본에 그림을 그렸다. 그린 책으로『나의 라임 오렌지나무』,『교환
학생』,『괜찮아 보이는 게 전부는 아니야』,『청개구리는 왜 엘리베이터를 탔을
까?』등이 있다. siotillust.tumblr.com

메리메 단편선
마테오 팔코네

1판 1쇄 발행 2007년 11월 15일
개정판 1쇄 발행 2015년 10월 5일
개정판 4쇄 발행 2016년 4월 20일

글쓴이 프로스페르 메리메 │ 그린이 최수연 │ 옮긴이 정장진
펴낸이 조추자 │ 펴낸곳 도서출판 두레
등록 1978년 8월 17일 제1-101호
주소 서울시 마포구 마포대로 14가길 4-11
전화 02-702-2119, 02-703-8781 │ 팩스 02-715-9420
이메일 dourei@chol.com │ 블로그 blog.naver.com/dourei

* 가격은 뒤표지에 적혀 있습니다.
* 잘못 만들어진 책은 구입하신 곳에서 바꾸어 드립니다.

ISBN 978-89-7443-104-4 03860